OMICIDIO SOTTO L'ALBERO

UN DETECTIVE CON LE VIBRISSE

LIBRO 9

MOLLY FITZ

TRAMA

In nessun altro posto si festeggia il Natale come nelle piccole città del Maine, e dovete sapere che Glendale è la migliore quando si tratta di decorazioni natalizie e festeggiamenti all'ombra dell'albero di Natale gigante che viene allestito in centro.

Già, da noi viene organizzato un Festival natalizio che ogni anno si fa più grandioso. Purtroppo, quest'anno l'unica cosa di cui la gente si ricorderà saranno i due cadaveri ritrovati al centro del giardino in cui erano esposte le sculture di ghiaccio.

Poiché l'intera popolazione era si era riunita per festeggiare, quasi tutti a un certo punto si sono trovati nei pressi della scena del crimine, e quindi sono tutti potenziali indiziati. Nemmeno io sono esente da sospetti, perché siamo stati io e Gattavius a trovare i corpi. Riuscirò a scagionarmi e a salvare il Natale, portando a termine un'indagine coi fiocchi col solo aiuto della mia eccentrica nonnina, della cugina che ho appena conosciuto, di una chihuahua troppo ottimista e di un tigrato irriverente?

Tenetevi ben stretti alle briglie della slitta, perché sarà una folle corsa contro il tempo.

NOTA DELL'AUTORE

Ciao e grazie per aver scelto questo libro! Anche a te piacciono i cozy mystery con una buona dose di umorismo? Allora saremo ottimi amici!

Cosa ne dici, intanto, di tenerci in contatto sulla mia pagina Facebook? L'ho creata appositamente per i miei fantastici lettori italiani. Vieni a trovarmi su www.facebook.com/raccontimiciosi

Insieme ci divertiremo tantissimo. Gira pagina... e inizia l'avventura!

Ti aspetto nel magico mondo dei gatti.

MOLLY

1

Ciao, sono Angie Russo e, anche se potreste non rendervene conto a prima vista, sono quasi certamente la persona più insolita che abbiate mai conosciuto.

Perché?

Beh, conoscete altra gente che sa parlare con gli animali? Se ve lo state chiedendo, non mi esprimo con miagolii, latrati e cinguettii. Io e gli animali teniamo vere e proprie conversazioni e risolviamo perfino crimini insieme. Ma sto correndo troppo.

Prima che dica altro—*shhh!*—il mio strano superpotere è un segreto da proteggere a ogni costo. Non perché io sia in pericolo o cose del genere, ma semplicemente perché preferisco che gli altri non lo vengano a sapere.

Ok?

No, non sono una strega, un licantropo o qualche altro tipo di creatura sovrannaturale: sono solo una comunissima ragazza sotto i trenta che ha preso la scossa da una macchina per il caffè e, quando ha ripreso i sensi, ha scoperto di riuscire a parlare con gli animali.

Inizialmente potevo comunicare solo con uno specifico gatto, che ho soprannominato Gattavius. Si trovava nella stanza in cui ho preso la scossa. Stavamo entrambi presenziando alla lettura di un testamento, io come umile assistente legale, lui in qualità di beneficiario principale.

Quando si è reso conto che capivo ciò che diceva, mi ha rivelato che la sua proprietaria era stata assassinata, anche se tutti credevano che l'anziana signora fosse morta per cause naturali. Si è scoperto che non era affatto così.

La donna era stata uccisa, e il felino voleva che lo aiutassi a dimostrarlo.

Infine, poiché nessuno dei suoi parenti voleva occuparsi di lui, mentre io lo desideravo con tutta me stessa, Gattavius è rimasto con me. Abbiamo ottenuto giustizia per Ethel Fulton e siamo finiti a vivere nella sua maestosa tenuta.

Con noi abita anche la mia eccentrica nonnina, che qui tutti chiamano semplicemente Nonna. Qualche mese fa abbiamo adottato una chihuahua di nome Cachemire dal rifugio per animali. Lei è dolce e affettuosa tanto quanto Gattavius è scontroso e umorale, e non dice mai una parola men che gentile nei confronti di nessuno...

Beh, ad eccezione di Pringle, il procione dispettoso che vive nel giardino sul retro di casa nostra. Un tempo quel furbacchione abitava in una tana sotto al portico, ma poi ci ha più o meno ricattati affinché gli costruissimo una dimora personalizzata—due, in realtà. Oh cielo, è una lunga storia.

A proposito di lunghe storie, ne ho parecchie da raccontare. Aspettate e vedrete!

Sono cambiate molte cose da quando, qualche mese fa, io e Gattavius abbiamo inaugurato la nostra agenzia investigativa privata. Non abbiamo avuto ancora nemmeno un singolo cliente pagante, ma stiamo facendo esperienza a piene mani, imbattendoci per caso in un mistero dopo l'altro.

Si fa come si può, no?

Che altro posso dirvi? Ah, sono innamorata di Charles Longfellow III, mio ex capo e attuale fidanzato—anche se in effetti non gli ho ancora detto che lo amo. Anche Gattavius è innamorato: ha una storia a distanza con una himalayana di nome Grizabella, influencer Instagram ed ex campionessa di esposizioni feline. Non smette mai di ripeterle quanto la ama e, in effetti, lo ripete a chiunque sia disposto ad ascoltarlo. Ha perfino iniziato a prendermi in giro per la lentezza con cui procediamo io e Charles in confronto a loro.

Oltre a ciò, abbiamo scoperto che mia madre non è figlia biologica di mia nonna, e quindi nemmeno io ho legami di sangue con lei, ma in questo caso c'è ancora molto da scoprire per portare alla luce l'intera storia. Già, per tutto questo tempo la nonna non ha mai saputo il vero motivo per cui mia madre le è stata affidata.

Un aspetto positivo di questa recente scoperta è che siamo riusciti a metterci in contatto con i nostri parenti di Larkhaven, in Georgia, di cui fino a poco tempo fa non sapevamo nulla. Avevamo in programma di andare a trovarli il mese scorso, ma un omicidio ha mandato a monte il progetto. Così, mia cugina Mags è venuta a casa mia e resterà fino alla fine del mese.

Mags è uno spasso e le vogliamo tutti un gran bene. Io e lei abbiamo molte cose in comune e ci assomigliamo così tanto che a volte mi domando se non siamo gemelle, anziché cugine.

Tuttavia, lei ha un paio d'anni più di me e, per quanto ne so, nessun superpotere. La sua famiglia ha un negozio di candele nel quartiere storico di Larkhaven, e lei ha promesso a me e alla nonna di insegnarci a realizzarle prima di ripartire.

Abbiamo un sacco di cose da fare prima che torni a casa sua.

In primis, è quasi Natale e la nonna ci tiene tutti costantemente occupati con le attività del calendario dell'avvento che ha realizzato al suo corso di arte. Il programma di oggi è recarci in centro per il dodicesimo Festival natalizio di Glendale.

Si tratta di una rinomata tradizione della nostra cittadina: persone giunte da ogni angolo di Blueberry Bay si riuniscono intorno al grande albero di Natale allestito in centro, partecipano a una gara di sculture di ghiaccio e festeggiano in ogni modo possibile grazie alla sconcertante quantità di stand e padiglioni che si snodano per tutto il centro.

C'è davvero di tutto, dalla bancarella che prepara la cioccolata calda al laboratorio in cui si imparano carole natalizie da tutto il mondo, agli incontri con scrittori locali per farsi autografare le copie dei libri e chi più ne ha più ne metta.

Ogni anno vengono organizzate cose diverse, ed è questo che rende il tutto così divertente. Non vedo l'ora di mostrare a Mags la mia città nel suo momento di massimo splendore. Spero che le piacerà tanto quanto piace a me.

Guardate un po', è giunto il momento di scoprirlo!

* * *

Premetti le labbra l'una contro l'altra dopo averci spalmato sopra un nuovo rossetto rosso fragola, perfetto per le vacanze natalizie. In genere mi trucco pochissimo, perché gli abiti che indosso sono sufficientemente sgargianti per esprimere la mia personalità. Di recente, però, la nonna ha iniziato a insistere affinché mi prenda più cura del mio aspetto. Ha detto che è per via delle festività, ma sospetto che in realtà auspichi che, vedendo i miei sforzi per avere un look migliore, anche mia cugina Mags sia spinta a fare altrettanto.

Non che sia sciatta, ma Mags preferisce un look semplice e poco appariscente. Quando lavora nel negozio di candele della sua famiglia, situato in un quartiere storico, spesso indossa abiti vecchio stile con gonne lunghe e ampie e una cuffietta, e suppongo che questo sia il massimo dell'eccentricità che è in grado di tollerare. Non posso certo biasimarla per il fatto di non voler dare nell'occhio nel tempo libero.

Il tipico modo di bussare di Mags risuonò alla porta della mia camera da letto: tre colpi brevi, uno più lungo, infine altri due brevi.

«Avanti!» dissi, abbandonando lo specchio e voltandomi verso la porta.

Mags indossava una camicetta bianca, una gonna bianca e scarpe bianche senza tacco. I capelli, tanto biondi da sembrare quasi bianchi, le arrivavano alla vita e la pelle chiara non aveva traccia di trucco. Sembrava un angelo di neve... o un fantasma.

«Potresti prestarmi qualcosa da mettermi?» mi chiese accigliata. «Credo di aver deluso profondamente la nonna con le mie scelte cromatiche.»

Risi: «Non preoccuparti. Io la deludo costantemente, ma mi vuole bene lo stesso.»

«Mi ha proposto di scegliere qualcosa dal suo guardaroba, ma, Angie—» Abbassò la voce a un sussurro e mi fece cenno di avvicinarmi: «È tutto rosa shocking, lì dentro!»

Scoppiammo a ridere forte.

«Dico sul serio, però. Dai una mano alla tua povera cugina!» mi supplicò congiungendo le mani e scuotendomele davanti.

Mi diressi verso l'armadio. Amavo ogni singolo istante trascorso con lei e non riuscivo a credere che ci restasse ormai meno di una settimana da passare insieme prima della sua partenza. Mags mi sarebbe mancata moltissimo una volta che avesse fatto ritorno a casa sua.

«Che ne dici di questo?» chiesi lanciandole un abitino con dei Babbi Natale stampati ovunque. Era lo stesso che avevo indossato quando avevamo portato Gattavius e Cachemire al negozio per animali di Dewdrop Springs per far loro le foto con Babbo Natale. Anche se era uno dei miei preferiti, avevo tonnellate di abiti natalizi che quell'anno non avevo ancora tirato fuori dall'armadio.

Era questo il problema quando si faceva shopping nei negozi dell'usato i cui proventi andavano in beneficenza: tutti i prodotti avevano prezzi super convenienti e i proventi sostenevano una buona causa, così non mi facevo remore a concedermi spese pazze. Quel giorno indossavo un paio di jeans e il maglione natalizio più estroso che possedevo, decorato con grossi pompon sistemati in cerchio uno accanto all'altro, a formare una ghirlanda natalizia tridimensionale con tanto di campanelle e un gigantesco fiocco di satin.

Era super trash e lo adoravo.

«È perfetto» disse Mags dopo aver dato una rapida occhiata al vestito.

«Sarebbe perfetto se ti facessi i codini» dissi.

Il suo volto divenne bordeaux: «Credo che sarebbe un po' troppo per oggi.»

Gattavius fece il proprio ingresso, subito seguito da Cachemire.

«Mammina, sei bellissima!» strillò la cagnolina.

«Un giorno quel maglione sarà mio» dichiarò il tigrato. «Non dirmi che non è un giocattolo per gatti. Guarda quei cosi pelosi: sono tutti da mordere!»

Beh, non aveva tutti i torti.

«Mammina, posso venire anch'io?» chiese Cachemire scuotendo la coda a velocità tale da farla risultare una macchia nera sfocata.

«Non può parlare con noi davanti a Mags, genietta» disse Gattavius con espressione annoiata.

Mags mi sorrise, probabilmente domandandosi perché mi fossi zittita all'improvviso quando gli animali erano entrati. Diciamo solo che era estremamente difficile mantenere il segreto con lei, soprattutto considerando che faceva parte della famiglia. Ciò nonostante, meno persone lo sapevano, meglio era. Inoltre, non ero certa che mi avrebbe creduta e non volevo che se ne tornasse di corsa in Georgia urlando, con il rischio di rovinare il rapporto con il resto della famiglia ancor prima di aver avuto occasione di conoscerci di persona.

Dovevo resistere solo un'altra settimana. Sarei riuscita di sicuro a mantenere il mio segreto fino ad allora...

O forse no?

2

Mags stava davvero benissimo con il l'abitino che le avevo prestato. L'aveva abbinato a un berretto di pelliccia bianco, poi mi aveva chiesto di aiutarla con il trucco, così le avevo applicato il mio nuovo rossetto rosso color fragola e del fard.

«E ora qualche selfie!» strillò lei, spostando il cellulare in modo da scattarci foto da diverse angolazioni.

«Wow, ci assomigliamo proprio un sacco!» dissi quando mi mostrò i risultati. Nonostante lei avesse i capelli e la carnagione più chiari, entrambe avevamo gli stessi occhi castani, il nasino all'insù e il viso a forma di cuore. Tuttavia, mentre lei aveva una posa perfetta da fotomodella, io avevo finito con lo sfoggiare due narici mostruose e un bel triplo mento.

Era per questo motivo che non ero appassionata
di social network quanto la maggior parte dei miei
coetanei. Preferivo stare dietro la fotocamera piuttosto che davanti ad essa o, potendo scegliere, starci
del tutto alla larga. Potevo ringraziare il fatto di essere
la figlia di due presentatori televisivi per questo.

«Sei decisamente più fotogenica di me» borbottai
mentre Mags inviava il nostro selfie ad alcuni parenti
in Georgia. Non ne avevo ancora conosciuto nessuno
di persona e non mi esaltava per niente l'idea che
quell'orrenda foto fosse la prima immagine che vedevano di me.

«Bisogna fare molta pratica» mi rivelò lei con un
sorrisetto schivo. Contrariamente a me, sembrava
molto più a suo agio a interagire con gli altri online
anziché di persona. «Ho girato un gran numero di
video in cui insegno a realizzare candele, così ho
dovuto imparare a mostrare sempre il mio profilo
migliore.»

«Ragazze!» ci chiamò la nonna dal fondo delle
scale che conducevano alla mia camera da letto
situata nella torretta. «Siete pronte a fare follie? Una
follia al giorno leva il medico di torno!» Ridacchiò

della propria battuta mentre scendeva la maestosa scalinata fino a raggiungere l'ingresso.

Mags mi guardò in cerca di conferma mentre infilava il cellulare nella *pochette* e si tirava giù l'orlo del vestito.

«Arriviamo!» gridai, con un sorrisone dipinto sul volto.

Io, Mags e gli animali ci precipitammo giù per le due rampe di scale fino all'atrio, dove trovammo la nonna, ancora intenta a finire di infagottarsi in un eclettico assortimento di abiti invernali rosa acceso.

Poi tirò fuori un minuscolo cappottino marrone e si inginocchiò a terra: «Cachemire, vieni qui, amorina!»

La chihuahua la raggiunse di corsa, scuotendo il didietro in preda alla gioia: «Sì, nonna! Arrivo, nonna! Ti voglio tanto bene, nonna!»

Anche se mi chiamava 'mammina', la nonna era la persona a cui era in assoluto più legata. Una volta ne avevamo parlato, e lei mi aveva confidato che non sapeva di preciso cosa si provasse ad avere una madre, perché aveva perso la sua quando era ancora troppo piccola per ricordarsene. Dato che la nonna insisteva per farsi chiamare *Nonna* da chiunque—e poiché non era in grado di comunicare con Cachemire nel modo in cui potevo farlo io—la cagnolina aveva deciso di dare quel nomignolo affettuoso a me.

Ora se ne stava quasi immobile mentre la nonna le infilava la testolina e le zampette nel cappottino che, a un'analisi più accurata, risultò essere un costume da renna. Sul cappuccio svettavano due lunghi palchi ben eretti che facevano perdere l'equilibrio alla chihuahua ogni volta che tentava di sfuggire alla nonna per saltellare in giro per casa.

«Mags, stai benissimo!» disse la nonna tirandosi su. «Inoltre, con tutti quei Babbo Natale, tu e Cachemire siete perfettamente abbinate. Il che è un bene, perché ho bisogno che la teniate d'occhio mentre saremo via.»

«Oh, tu non vieni?»

La nonna fece spallucce. Indossava un cappotto fucsia bordato di finta pelliccia nera sul colletto e sui polsini. «Certo che vengo anch'io, ma dovrò avere le mani libere per abbracciare i miei vecchi amici che tornano qui solo per le vacanze. Cachemire starà molto meglio con voi due.»

Feci un passo avanti e presi la pettorina e il guinzaglio verde fosforescente di Gattavius dal fondo dell'armadio in cui erano riposti i cappotti. Lui detestava dover indossare quell'imbragatura, soprattutto da quando era diventato più esperto nell'andare a spasso slegato nel corso delle nostre scorribande. Purtroppo per lui, avrei trascorso l'intera giornata con Mags, quindi non avrei potuto parlargli per tenerlo in riga.

Alla fine, però, la sicurezza aveva sempre la priorità, il che significava che quel giorno la pettorina era d'obbligo. Ovviamente, ciò non gli avrebbe impedito di provare a convincermi del contrario.

«Non intendo mettermi quella roba» disse, fissandomi mentre parlava. «L'ultima volta che me l'hai messa, Babbo Natale è stato assassinato. E la volta precedente mi avevi promesso un favore in cambio. È trascorso molto tempo da allora quindi, secondo la mia modesta opinione, mi dovrai un altro favore se ti aspetti che oggi la indossi.»

Scossi il capo e mi morsi la lingua per trattenermi dal rispondergli. Il favore che mi aveva costretta a concedergli era stato l'acquisto dell'imponente tenuta in cui vivevamo, dato che non gli piaceva il mio appartamentino in affitto. Per quanto ora mi piacesse la nostra lussuosa dimora, non ritenevo che avergli fatto mettere la pettorina qualche rara volta nel corso dell'ultimo anno e mezzo fosse una richiesta neanche minimamente paragonabile alla sua.

Allungai le mani per agguantarlo e lui mi assestò con destrezza una zampata.

«No, Angela! No!»

«Non credo che voglia metterla» disse Mags con una risatina nervosa. «E comunque, perché portarlo con noi? A me sembra che un festival all'aperto non sia una cosa molto divertente per un gatto.»

«Fidati di me, non la smetterebbe più di lamentarsi se lo lasciassimo qui» dissi. Poi aggiunsi prontamente: «Miagolerebbe per giorni interi per farmela pagare, soprattutto la notte, perché è malvagio fino al midollo.»

«Che furbone.»

«Non sai quanto.» Ridacchiai per il sollievo. Potreste pensare che, dopo tutto quel tempo, fossi diventata più brava a mantenere il mio segreto, ma vi sbagliereste di grosso.

«Bene, ecco fatto.» Mags afferrò Gattavius con tale rapidità che né io né lui avemmo il tempo di accorgercene. «Lascia che ti aiuti.»

Il tigrato lottava e si divincolava fra le sue braccia, ma lei lo tenne stretto mentre io gli facevo indossare la pettorina. «Ti pentirai amaramente di averlo fatto, Angela, e potrebbe non volerci molto!»

Lo posai a terra e soffocai una risatina mentre lui faceva un paio di passi e si contorceva, per poi iniziare a leccarsi freneticamente la pelliccia nei punti in cui questa entrava in contatto con le cinghie verde fosforescente.

«Siamo tutti pronti?» domandò allegramente la nonna, neanche minimamente turbata dalla presenza di un felino infuriato accanto a sé. In genere Gattavius pretendeva da me gli standard di comportamento più elevati e tendeva invece a lasciar correre le fisime della nonna, ma ero certa che un giorno di questi gliene avrebbe combinata una delle sue – e anche bella grossa – per vendicarsi di tutti quei festeggiamenti che maltollerava. Speravo solo che riuscisse a trattenersi fino alla fine delle vacanze.

Un minuto dopo eravamo tutti stipati a bordo della mia berlina, e meno di un quarto d'ora più tardi raggiungemmo il centro di Glendale, dove si teneva il Festival natalizio.

Anche se era ancora molto presto, fummo costretti a parcheggiare ad alcuni isolati di distanza per riuscire a trovare un posto libero—evidentemente organizzatori e commercianti avevano già preso possesso delle loro postazioni.

«Wow» disse Mags quando finalmente giungemmo in prossimità del centro. «È come trovarsi all'interno di una di quelle sfere di vetro con la neve.»

Ci saranno stati sì e no quindici centimetri di neve, ma in Georgia, dove viveva Mags, non nevicava mai a Natale, così lasciai che si godesse quel momento senza stare a spiegarle che in realtà quell'anno aveva nevicato davvero poco.

«Benvenute! Benvenute al Festival natalizio!» ci salutò vivacemente il signor Gable, proprietario della gioielleria e capo del consiglio cittadino. In una mano reggeva la sua coniglietta, e nell'altra una macchina fotografica vecchio stile. Indossava un costume da Babbo Natale senza il classico cappotto bordato di pelliccia bianca, mettendo così in mostra le bretelle nere sulla spessa maglietta di lana. «Prendete posto sulla slitta! Fatevi fare una foto da Babbo Natale e C.P.!»

«C.P.?» domandò Mags. Io e lei prendemmo posto sul sedile posteriore della slitta, mentre la nonna balzò su quello anteriore insieme a entrambi gli animali.

«Sta per Coniglietta Pasquale» le spiegai. Avevo avuto modo di conoscere la coniglietta non molto tempo prima, quando eravamo andati al negozio per animali con Gattavius e Cachemire per alcuni scatti insieme a Babbo Natale e avevamo finito, invece, per risolvere un caso di omicidio. «A quanto pare, uno dei suoi nipoti l'aveva ricevuta come regalo di Pasqua, ma le cose non sono andate per il verso giusto; così il signor Gable ha deciso di adottarla e occuparsi di lei. Da allora sono inseparabili.»

Il signor Gable appoggiò C.P. nel presepe lì accanto, foderato di fieno e dotato perfino di cibo e acqua per la coniglietta, poi fece qualche passo avanti per scattarci la foto.

«Lo vedi?» si lamentò Gattavius proprio mentre il signor Gable ci esortava a dire 'cheese'. «Quel ridicolo coniglio indossa una pettorina identica alla mia. Non mi sono mai sentito tanto umiliato in tutta la mia vita! Oh, me la pagherai cara e salata per questo, Angela!»

In effetti anche C.P. indossava una pettorina verde fosforescente, ma lei non ne sembrava affatto infastidita, al contrario di Gattavius. In realtà, la coniglietta si era già addormentata, dolcemente cullata nella mangiatoia di Gesù Bambino.

3

opo la foto sulla slitta di Babbo Natale, ci dirigemmo allo stand della cioccolata calda. Lì gli avventori potevano ordinare ogni genere di miscela personalizzata, con più gusti e guarnizioni di quante mai ne sarebbero potuti venire in mente per una tazza di quella deliziosa bevanda.

Essendo arrivate proprio all'inizio della manifestazione, non c'era ancora troppa ressa, così avevamo l'ulteriore vantaggio di non dover fare code. Io e Mags ci dirigemmo dritte dritte al bancone all'aperto e ordinammo la Cioccolata dell'unicorno, a base di cioccolata bianca decorata con lamponi, marshmallow arcobaleno, granella rosa, zuccherini e una grossa caramella bianca e dorata a forma di corno di unicorno. Restammo a osservare estasiate mentre il barista la preparava per entrambe.

La nonna colse l'occasione per gridarci un rapido saluto, poi scomparve, sottobraccio a un attraente gentiluomo dai capelli argentati che non mi parve di riconoscere. La nonna conosceva tutti, sia in città che nei dintorni, ma non aveva mai frequentato nessuno da quando il nonno era morto, più di dieci anni prima. Ma a giudicare dalle sue risatine civettuole e dal modo in cui le brillavano gli occhi, avrei decisamente dovuto indagare di più su quel suo nuovo e misterioso amico.

Tuttavia, per il momento, decisi di concentrarmi esclusivamente sulla bella giornata da trascorrere con mia cugina e con i nostri due amici animali preferiti, mentre Glendale faceva ciò che le riusciva meglio—festeggiare quel particolare periodo dell'anno.

«Eccovi qui!» trillò mia madre, affrettandosi a raggiungerci per avvolgere me e Mags in caldi abbracci. «Buon Natale! Buon Festival natalizio!»

«Buona vigilia, mamma!» dissi, prendendo la mia Cioccolata dell'unicorno appena fatta e lasciando la mancia nel barattolo avvolto in carta da regalo natalizia che troneggiava sul bancone. Trovai un po' strano farle gli auguri di buona vigilia quando erano appena le dieci del mattino.

Il festival iniziava a quell'ora e proseguiva fino alle dieci di sera: in questo modo la gente aveva a disposizione una giornata intera per farci un salto e godersi i festeggiamenti. La maggior parte dei partecipanti preferiva arrivare quando era già buio per assistere al magnifico spettacolo offerto dalle maestose luci natalizie esposte ovunque; ma io sapevo quanto il consiglio cittadino, sotto la sapiente guida del signor Gable, si fosse impegnato per far arrivare gente anche più presto, di modo che un certo numero di visitatori affluisse alle varie attività durante tutta la giornata.

«Dov'è papà?» chiesi, per poi bere un delizioso primo sorso della mia bevanda extra-dolce. *Mmm!*

Mia madre aveva azionato la modalità selfie del cellulare per controllare il proprio aspetto e si stava sistemando i capelli. Rispose: «La prima gara sta per iniziare, e ovviamente lui si occupa della telecronaca. Si tratta della tradizionale corsa con le renne, sarà di sicuro uno spasso.»

Mio padre lavora come cronista sportivo per il canale di notizie locale; mia madre, invece, è una reporter che ha realizzato numerosi servizi di rilievo sociale coprendo l'intera area del Maine, in particolare da quando la trasmissione ha iniziato ad andare in onda a livello regionale, grazie al ruolo da lei svolto nella soluzione dell'omicidio della senatrice Harlow, che era molto benvoluta dalle nostre parti.

Naturalmente il Festival natalizio di Glendale è stato, fin dagli esordi, una fonte inesauribile di notizie. Ormai arrivano turisti da tutto lo stato in occasione di questo grande festeggiamento, e il festival è cresciuto e si è fatto più sontuoso e rinomato ogni anno, in parte anche grazie ai reportage di mia madre sull'evento e all'esperta guida del signor Gable.

«Ora devo proprio andare» disse mia madre, lanciando uno sguardo alle proprie spalle verso il percorso dove si sarebbe svolta la gara. «Ma quando vi ho viste dall'altro lato della strada, ho pensato di fare un salto da voi per chiedervi un piccolo favore».

«Saremo liete di aiutarti» disse Mags, tenendo Cachemire ben stretta sotto un braccio e con la tazza di cioccolata fumante ancora piena nell'altra mano. «Dicci solo cosa possiamo fare per te.»

«Fantastico. Non dovrebbe portarvi via troppo tempo, ma è una questione davvero importante. Purtroppo, i giudici incaricati della gara di sculture di ghiaccio non si sono presentati. Vi dispiacerebbe sostituirli?»

«Niente affatto!» rispose Mags, scuotendo il capo con tanta enfasi che un bel po' di cioccolata traboccò dalla tazza lasciando uno schizzo sulla strada spalata da poco. «Ops! Chiedo scusa. Questa cosa di fare da giudice sembra molto divertente. Lo faccio volentieri, se anche Angie è d'accordo.»

«Ottimo! Abbiamo più di trenta opere, riuscite a crederci? Ma non c'è bisogno di assegnare punteggi scritti o stilare una classifica completa. Vi basterà scegliere i primi tre classificati e comunicarmi la vostra decisione mandandomi un messaggio. Il giardino delle sculture di ghiaccio si trova all'estremità dell'area dedicata al festival, vicino al ponte e al parchetto. Pensate di riuscire a trovarlo?»

«Certo che sì» risposi, facendo un passo verso mia madre, ma senza riuscire ad avvicinarmi oltre: per muovermi, infatti, avrei dovuto strattonare quel testardo di un gatto che non aveva la minima intenzione di spostarsi anche solo di un millimetro. «Adesso torna da papà, o rischi di perderti l'inizio della gara.»

«Vado subito» disse mia madre, che già correva nella direzione da cui era venuta. «Grazie ancora, ragazze!»

«Tu che dici? Dovremmo andarci subito?» mi chiese Mags, sorbendo poi un primo sorso esitante dalla tazza di cioccolata mezza vuota. Spalancò gli occhi e fece uno scatto all'indietro con la testa: «Caspita, c'è una marea di zucchero qui dentro!»

Io ne bevvi un altro sorso ed emisi un gemito deliziato: «Se vuoi la mia opinione, è assolutamente perfetto. Però, tu non sei abituata a mangiare ogni giorno i dolci fatti in casa da mia nonna.»

«Ma mi piacerebbe un sacco!» rispose lei entusiasta, mentre percorrevamo le strade riccamente decorate.

Passammo davanti a un gran numero di bancarelle di artigiani locali che vendevano le proprie creazioni, e adocchiai una collana particolarmente carina che sarei di sicuro tornata a comprare una volta concluso il nostro incarico di giudici.

Ad un tratto Mags si fermò di colpo, sussultando per la gioia: «Ehi, ma quelle sono renne vere?»

Risi alla vista della sua espressione meravigliata. Avevo preso parte al Festival natalizio di Glendale fin dalla sua prima edizione, dodici anni prima, ma ero certa che chiunque vi assistesse per la prima volta sarebbe rimasto senza fiato proprio come mia cugina.

«Sì, e ce ne sono ben otto. Ci sono anche pecore, capre, maiali e perfino un cammello. Una fattoria didattica al completo, per metà villaggio di Babbo Natale, e per l'altra metà grotta di Betlemme.»

«Dobbiamo assolutamente tornarci!» Mags mi afferrò una mano e lanciò un'ultima occhiata bramosa verso gli animali. «Coccolerò ogni singola creatura presente.»

«Ti prometto che lo faremo» dissi stringendole le mani fra le mie, poi lasciandole andare.

«Preferirei non perdere il mio prezioso tempo in mezzo a del bestiame sudato e puzzolente» brontolò Gattavius.

Beh, peggio per lui! Si sarebbe lamentato comunque, qualunque cosa avessimo fatto, e Mags era emozionatissima all'idea di tornare e trascorrere un po' di tempo con le renne.

Superammo varie bancarelle di street food, artigiani e gruppi locali che presidiavano i propri stand, procedendo per quasi un intero isolato prima che Mags si fermasse di nuovo di colpo: «Candele!» strillò. «Oh, mio Dio!»

Rivolsi un cenno del capo a due donne sedute all'esterno del padiglione. Mags era già scomparsa all'interno, completamente buio, eccetto per il bagliore di piccole candele rotonde in contenitori di metallo sapientemente posizionate.

«Produce candele come lavoro» spiegai alle donne sedute all'esterno. Mi sentivo strana a restare lì con loro mentre mia cugina si trovava dentro, ma non ero certo così ingenua da far entrare un cane e un gatto in uno spazio chiuso con fiamme libere. «Le vostre sono molto belle. Quanto costano?»

«Non vendiamo candele» mi spiegò la più giovane delle due donne rivolgendomi un sorriso gentile. «Realizziamo e vendiamo menorah. A uno stand poco più avanti, altri membri della nostra sinagoga vendono *latke*.»

«Oh, le frittelle di patate tradizionali dell'Hanuk-kah! Non l'ho mai festeggiato, ma ho sempre amato la storia dei Maccabei e del miracolo dell'olio.»

«Non si tratta solo di una storia» disse la donna più anziana. «Dio compie davvero dei miracoli. Lo fa tutt'ora, sa?»

«Quanto viene questo?» chiese Mags di ritorno, con in mano una piccola menorah d'argento.

La donna le comunicò il prezzo, e mia cugina le porse due banconote da venti dollari: «Grazie. Lo conserverò con cura per sempre. Felice Hanukkah.»

«Felice Hanukkah» ci gridò dietro la donna mentre riprendevamo la strada verso il giardino delle sculture di ghiaccio.

«C'è davvero un po' di tutto qui, eh?» commentò Mags.

«Ancora non hai visto niente» dissi con una risatina. «Aspetta solo di vedere le gare delle renne!»

«Sono felice che siamo venute qui presto. Ci sono

così tante cose da fare, e temo che non avremo tempo per tutto.»

«Beh, il giardino delle sculture di ghiaccio è proprio qui. Accertiamoci di esaminare attentamente tutte le opere, scegliamo i vincitori e torniamo a divertirci.»

Attraversammo la strada ed entrammo nel parco, dove file di enormi statue di ghiaccio intagliate in modo molto elaborato erano state posizionate a spirale. Un cartello all'inizio del percorso diceva: *Partite da qui e seguite il percorso fino al centro. Da lì, seguite il nastro rosso per tornare al punto di partenza tramite una scorciatoia. Buon divertimento!*

«Proprio come al Guggenheim» dissi, ripensando allo splendido museo di cui avevo tanto sentito parlare durante alcuni corsi di materie umanistiche. «Non devi mai tornare indietro o pensare a dove dovrai andare dopo, così puoi apprezzare l'arte con la massima libertà.»

«Guarda quella!» strillò Mags, già più avanti di alcune sculture lungo il percorso, intenta ad ammirarne una che ritraeva un cigno nell'atto di planare sull'acqua ad ali spiegate. «Non è magnifica?»

«E che mi dici di questa?» chiesi, indicando un fiocco di neve enorme ed estremamente elaborato.

«Dev'esserci voluto un sacco di tempo per realizzare tutti quei dettagli.»

«È un peccato che queste splendide opere d'arte siano destinate a sciogliersi.» Mags si trovava di fronte alla statua di una donna che indossava un magnifico abito dalle linee ampie e fluide. «Non sarà per niente facile scegliere i tre vincitori.»

«Iniziamo a guardarle una alla volta. Poi, quando arriveremo al centro, anziché prendere la scorciatoia torneremo indietro lungo il percorso e cercheremo di decidere quali sono le tre che ci piacciono di più.»

Lei annuì: «Al momento mi piacciono tutte, nessuna esclusa.»

«Suppongo che dovremo fare un po' di avanti e indietro» concordai. «Quindi sarà meglio cominciare.»

Procedemmo lungo il sentiero a spirale, ammirando sculture di animali, persone, elementi naturali e perfino creazioni astratte. In un attimo ci ritrovammo al centro, e con la coda dell'occhio notai una macchia rosso acceso. Mi voltai, aspettandomi di vedere il nastro che avrebbe dovuto guidare i partecipanti fuori dal giardino, evitando che si creassero ingorghi.

Invece, vidi profonde pozze cremisi che macchiavano la neve, altrimenti immacolata. *Sangue!*

4

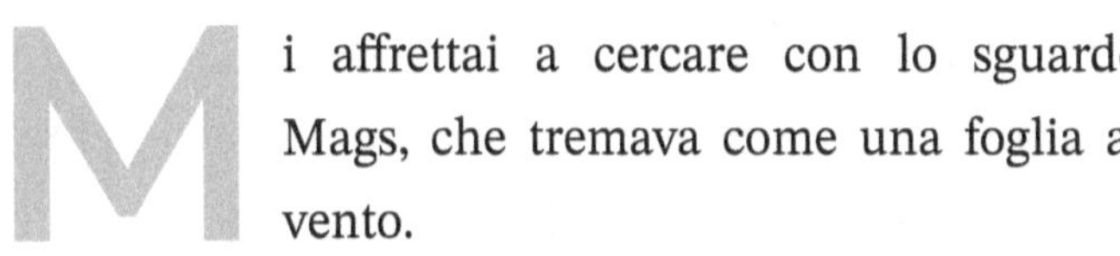

i affrettai a cercare con lo sguardo Mags, che tremava come una foglia al vento.

«Qu-qu-quello è s-sangue?» balbettò, lasciando che Cachemire, ancora fra le sue braccia, saltasse a terra. Non mi piaceva per niente quando la piccola chihuahua faceva quei salti spericolati, ma per fortuna sembrava che riuscisse sempre a non farsi male nell'impatto con il terreno.

Gattavius prese a strattonare il guinzaglio: «Ovviamente è sangue, genio che non sei altro. Cosa potrebbe mai essere, sennò?»

Gli lanciai un'occhiataccia: avrei proprio voluto fargli una ramanzina per il fatto di essersi mostrato così insensibile in quella situazione delicata. «Sì» bisbigliai cautamente a Mags. «E dove c'è del sangue, può esserci un cadavere. Almeno, secondo la mia esperienza. Aspettami qui. Io do un'occhiata in giro.»

Mags iniziò a tremare ancora più violentemente e si rifiutò di guardarmi negli occhi. Teneva lo sguardo fisso sulla pozza rossa che si espandeva sulla neve, apparendo più minacciosa a ogni centimetro che guadagnava. Le mani le tremavano con tale forza che rovesciò la cioccolata rimasta nella tazza.

Caspita! Forse io e Mags non eravamo poi così simili come pensavo. Anche se non ero contenta di trovarmi in quel genere di situazioni, avevo imparato a tenere sotto controllo le emozioni in modo da potermi concentrare sul caso da risolvere anziché sull'orrore che mi trovavo davanti. Mags, al contrario, era ormai ridotta a un catorcio tremante e singhiozzante—come sarebbe accaduto alla maggior parte delle persone normali, supposi.

Corsi verso di lei, le tolsi di mano la tazza e la appoggiai a terra accanto alla mia. In ogni caso, entrambe avevamo perso del tutto l'appetito e la voglia di dolci.

Cachemire iniziò a darmi dei colpetti sulla gamba con il tartufo: «Mammina, c'è un cattivo nelle vicinanze? Ci farà del male?»

Senza riflettere, la sollevai e me la ficcai sotto un braccio, poi afferrai Gattavius con la mano libera.

«Angela, mollami subito! Non sono il tuo peluche. C'è lei per questo» disse con un cenno del capo in direzione di Cachemire.

Rimasi in silenzio mentre ci facevamo strada fra le sculture di ghiaccio, in cerca della fonte di tutto quel sangue. Non mi ci volle molto a individuare l'ampio palmo di una mano rivolto verso l'alto, accanto a un'opera che rappresentava un albero di Natale. Deglutii e feci un passo avanti per dare un'occhiata più da vicino. Trovai non uno, bensì due cadaveri—uno con gli occhi ormai privi di vita rivolti verso il cielo, l'altro con il viso sepolto nella neve fredda. Una leggera spolverata di fiocchi di neve danzava nell'aria e si posava sui corpi, dando inizio a una sepoltura improvvisata.

«Saranno i giudici che non si sono presentati?» sussurrai.

«Sarebbe la conclusione più ovvia» disse il tigrato, divincolandosi dalla mia presa.

Sentii il sangue gelarmisi nelle vene mentre mi chiedevo perché i due fossero stati assassinati e se io e Mags fossimo in pericolo, avendo accettato di sostituirli.

Fu allora che notai una spessa asta di ghiaccio

scintillante che si levava dalla schiena del cadavere di dimensioni minori: la donna era stata infilzata con un paletto di ghiaccio, che stava già iniziando a sciogliersi. Grosse gocce d'acqua colavano lungo quella strana arma, infradiciando la giacca già zuppa di sangue.

Mi voltai verso l'uomo, aspettandomi di trovare un'arma simile che si ergesse dal suo petto, ma nel suo caso l'arma del delitto non era visibile. Osservai meglio il cadavere in cerca di segni di strangolamento, accoltellamento, ferite da proiettile o altri metodi di uccisione in cui mi ero imbattuta nel corso dell'ultimo anno e mezzo trascorso a risolvere omicidi.

Niente.

Cachemire, nel suo elaborato costume da renna, saltò a terra, si avvicinò alle vittime e prese a leccar loro le guance: «Mammina, mammina, staranno bene? Si sveglieranno presto?» Quella domanda mi fece riflettere sul fatto che, contrariamente a me e Gattavius, Cachemire non aveva mai visto dei cadaveri. Molto probabilmente, la poveretta era terrorizzata quanto Mags.

Gattavius arricciò il labbro superiore, finalmente soddisfatto di trovarsi in braccio: «Anche se sei un cane, non puoi essere tanto lenta di comprendonio.»

Voleva bene alla chihuahua, e la apostrofava *cane* solo quando si sentiva più superiore del solito— ovvero, suppongo, la maggior parte delle volte.

«Zitto» mormorai distrattamente. «Lasciami pensare.»

«A-A-A-Angie» balbettò Mags, la voce che si levò sopra le alte sculture facendomi sussultare. «Cosa sta succedendo? Va tutto bene?» Dal tono, però, era evidente che conosceva già la risposta. Ciò nonostante, dovevo dirle cosa avevo trovato, poi avremmo dovuto avvisare le autorità insieme.

Indugiai con lo sguardo sui due poveretti, giunti per godersi il Festival natalizio e finiti conciati per le feste, poi trassi un respiro profondo per ritrovare la calma e tornai da mia cugina: «Dobbiamo contattare l'agente Bouchard e dirgli che c'è stato un omicidio.»

Mags piangeva come in preda a un dolore fisico: «Davvero? Un omicidio? Qui? Ma, ma... sembrano tutti così gentili!»

Mi accigliai, cercando di ricordare un'epoca in cui anch'io ero stata tanto innocente e ottimista. *Mai*, pensai. Ero sempre stata troppo seriosa e pedante per non sospettare almeno un po' del mondo che mi circondava. Un tempo mi consideravo paranoica, ma questo *prima* che iniziassero a spuntare cadaveri ovunque andassi.

Mags mi fissava a occhi sgranati, in attesa di una risposta che non giunse. Voleva che mi rimangiassi tutto, che facessi tornare le cose a posto, ma purtroppo non era possibile.

Invece, annuii: «Purtroppo, sì. Due, per la precisione. Dobbiamo contattare la polizia. Subito.»

Lasciai cadere Gattavius nella neve e afferrai la mano di Mags, trascinandola con me mentre ripercorrevo al contrario la spirale.

Il tigrato ci seguiva al guinzaglio, imprecando a gran voce con le peggiori parolacce in gattese che la sua boccuccia miciosa avesse mai pronunciato. Ma non mi importava nulla che fosse arrabbiato: certe cose erano più importanti che attenersi alle rigorosissime e contraddittorie regole che aveva stabilito per la nostra convivenza.

Inoltre, contrariamente a Cachemire, lui atterrava sempre in piedi.

Non ero affatto certa che io e Mags saremmo state altrettanto fortunate, soprattutto quando una sagoma scura si fece strada a gran velocità nel giardino silenzioso, dirigendosi proprio verso di noi.

5

l losco figuro continuava ad avvicinarsi, ma ancora non abbastanza affinché riuscissi a scorgerne il viso o a capire che intenzioni aveva.

Mags si liberò dalla mia presa e si bloccò: sembrava incerta se fuggire, nascondersi o entrambe le cose. Ma anziché sceglierne una, rimase immobile un paio di passi davanti a me, raggelata dal terrore come un cervo davanti ai fari su una strada solitaria.

Preparandomi al peggio, mi voltai per osservare meglio il nuovo arrivato. Il suo distintivo luccicava alla luce del sole, stagliandosi nettamente contro l'uniforme blu scuro. L'uomo percorse rapidamente la distanza che ci separava, un'espressione preoccupata sul volto. *Non è pericoloso. Niente affatto.*

«Agente Bouchard» strillai, sollevata che ci avesse

trovate e realizzando che forse, in effetti, ero ancora un tantino paranoica dopotutto.

Mags si rilassò visibilmente e fece un passo esitante verso di noi.

«Ho sentito delle grida» disse l'agente, portando la mano al calcio della pistola appesa alla cintura. «Va tutto bene?»

Il volto di mia cugina si arrossò per l'agitazione mentre iniziava a parlare velocissima, travolgendo il poliziotto come un fiume in piena: «Oh, è terribile. C'è del sangue. Moltissimo sangue. Angie ha trovato dei corpi. Ha detto che ce ne sono due. Morti stecchiti. Non ho idea di chi siano o di chi possa averli uccisi, ma è spaventoso. Non succedono mai cose del genere da dove vengo io, a Larkhaven. La zia Linda dice sempre che, se non vai in cerca di guai, loro non verranno a cercare te. Ma noi volevamo solo goderci il festival, glielo giuro. E adesso Angie si comporta come se stesse a noi capire cos'è accaduto qui. Ma io non so chi sono le vittime, non so chi sia l'assassino, non so niente di niente, se non che voglio tornare subito a casa!» A quel punto le si ruppe la voce e si richiuse in se stessa.

L'agente Bouchard era in stato di massima allerta: «Caspita, rallenti, per favore. Inizi dicendomi chi è lei e in che modo avete scoperto i corpi.»

Appoggiai una mano sulla spalla di Mags per farle capire che ero in grado di gestire la situazione da sola: «Tu vai a comprarti dei *latke*, o un'altra cioccolata calda, o dei biscotti allo zenzero. Ci penserò io a raccontare all'agente ciò che abbiamo scoperto.»

«È meglio che vada con lei, mammina?» chiese Cachemire dal suo posticino accanto alle mie caviglie.

«Mags» le gridai dietro. «Porta con te Cachemire.»

La cagnolina partì di corsa abbaiando forte, seppur senza nessun motivo apparente.

Rimasi a guardale finché Mags non la prese in braccio, poi mi voltai verso l'agente Bouchard, che attendeva spiegazioni: «Lasci che le mostri cosa abbiamo trovato.»

Mentre percorrevamo la breve distanza che ci separava dal gigantesco albero di Natale scolpito nel ghiaccio e dai cadaveri nascosti dietro di esso, raccontai all'agente Bouchard che i giudici della gara di sculture di ghiaccio non si erano presentati e che io e Mags eravamo state scelte come sostitute all'ultimo minuto. Gli spiegai anche che Mags era mia cugina, venuta a farmi visita dalla Georgia.

«Non sapevo che avessi dei parenti in Georgia» disse lui, piegando il capo di lato per osservarmi mentre camminavamo.

«Non lo sapevamo nemmeno noi. Per lo meno, non fino a un paio di mesi fa. In ogni caso, eccoci sulla scena del crimine.» Gli indicai i corpi, cosa peraltro superflua, perché gli sarebbe stato impossibile non notarli anche se fosse stato orbo da un occhio e cieco dall'altro.

«Abbiamo finito, ora?» si lamentò Gattavius. «So che la tua fervida immaginazione starà già lavorando a pieno regime e avrai già fatto mille ipotesi su chi possa essere il colpevole e perché l'abbia fatto, ma ho sentito dire che il Little Dog Diner ha uno stand qui vicino e Octavius ha proprio bisogno di un buon panino all'astice!»

Dovetti fare un enorme sforzo per non alzare gli occhi al cielo a quella dichiarazione, che dimostrava quanto il mio gatto avesse bisogno di rivedere le sue priorità. Fortunatamente, ci riuscii. Osservando con attenzione l'arma di ghiaccio che si stava sciogliendo, domandai all'agente Bouchard: «Sai chi erano queste persone?»

Lui infilò i pollici nei passanti della cintura e prese a dondolarsi sui talloni: «Il viso della donna non si vede, ma riconosco l'uomo. Si tratta di Fred Hapley. Vendeva assicurazioni sanitarie in tutto lo stato, e sono abbastanza sicuro che sia uno dei giudici di cui mi hai parlato. Se la memoria non mi inganna, anche lui era stato scelto per questo ruolo all'ultimo minuto.»

Il fiato si levava in nuvolette fredde, mentre riflettevo su come avremmo potuto procedere: «Mia madre dovrebbe essere in grado di confermarcelo, di dirci il nome dell'altro giudice, e se si tratta effettivamente di questa donna. Anche se tecnicamente non fa parte del comitato organizzatore, ha memorizzato tutte le informazioni per poter realizzare al meglio lo speciale relativo all'evento. Se vuoi posso telefonarle anche subito.»

L'agente Bouchard risucchiò l'aria fra i denti: «Non ancora, se non ti dispiace. Tua madre è un'ottima reporter e una brava persona, ma mi serve un po' di tempo per svolgere qualche indagine preliminare e chiamare i rinforzi prima di divulgare l'informazione ai media. Lo capisci, vero?»

Annuii con forza. Nessuno sapeva meglio di me quanto potesse essere difficile da gestire la tendenza di mia madre a cercare lo scoop a ogni costo: «Cosa farai quando i partecipanti all'evento inizieranno a fare il loro ingresso qui nel giardino?» chiesi, preoccupata che tutta quella storia creasse un gran scompiglio collettivo, che lo volessimo o meno.

Lui inarcò un sopracciglio: «Hai detto che tu e tua cugina siete i nuovi giudici, giusto?»

«Sì.»

«Allora potresti chiederle di tornare qui? Voi due potreste stare a guardia dell'ingresso in modo che nessuno possa entrare per il momento.»

«C'è anche un'uscita» puntualizzai, cercando con lo sguardo il nastro rosso di cui si parlava nel cartello.

«Allora è perfetto» disse lui con un ampio sorriso. «Due punti d'ingresso e due persone a controllarli. Non mi ci dovrebbe volere molto tempo, ma apprezzerei moltissimo il vostro aiuto a mantenere riservata la questione ancora per un po'.»

«Va bene, allora vado a cercare Mags» dissi, anche se non sopportavo l'idea di dovermene andare ancor prima di essere riuscita a scoprire almeno qualcosa.

«*Era ora!*» mugugnò Gattavius. «Sto *morendo* di fame. Potrei perfino aver perso una vita tanto ho lo stomaco vuoto. Non riesco a credere che tu mi abbia fatto aspettare così tanto il mio meritato panino all'astice.»

Il tigrato pareva non capire che andare a comprare dei panini all'astice non rientrava neanche lontanamente nel nostro programma. Dovevo trovare Mags e scoprire che cos'era successo al giudice assassinato e alla vittima non ancora identificata.

6

Trovai mia cugina allo stand dei *latke*, intenta a ficcarsi in bocca delle frittelle di patata intinte in una salsa alla mela più in fretta di quanto riuscisse effettivamente a masticare.

«Oh, non sapevo che saresti arrivata così in fretta» disse, coprendosi educatamente la bocca piena con una mano. «Altrimenti te ne avrei tenute da parte un po'.» Arrossì per l'imbarazzo: «Ho l'abitudine di mangiare quando mi sento nervosa. Queste frittelle non avevano scampo.»

Scoppiai a ridere e scossi il capo, lieta di constatare che si era rilassata almeno un pochino: «Non sarò certo io a giudicarti per questo. Ora però dobbiamo andare subito ad aiutare l'agente Bouchard.»

Mags buttò il contenitore vuoto nel cestino dei rifiuti più vicino e si pulì la bocca con il lato della mano: «Sei proprio sicura che dobbiamo tornare laggiù? Non so se qui capitano spesso cose di questo genere, ma a casa mia, in Georgia, non siamo abituati a vedere cadaveri.» Lo disse con un accento del sud più pronunciato del solito, senza dubbio desiderosa di trovarsi al sicuro nella cara, vecchia Larkhaven.

«Beh, fa parte del mio lavoro di investigatrice privata» le spiegai stringendomi nelle spalle. «Anche se non sempre mi occupo di omicidi. Talvolta ho a che fare anche con altri tipi di reati.»

«Ma non possiamo semplicemente goderci il Festival natalizio? Me ne hai parlato così tanto, e io non vedevo l'ora che arrivasse questa giornata. E poi, forse a te non spaventa l'idea che ci sia un assassino a piede libero, ma a me fa paura eccome! Magari potremmo fare ancora un giretto veloce e poi andarcene da questo posto.»

Le circondai le spalle con un braccio e mi incamminai con lei verso il giardino delle sculture di ghiaccio: «Dobbiamo solo fare questo piccolo favore all'agente Bouchard, poi torneremo al festival, te lo prometto.»

«E il mio panino all'astice?» Gattavius gemette, soffiò, poi sospirò, sconfitto. «Sganciami subito da questo aggeggio di tortura, e andrò a prendermene uno io stesso, dato che oggi ti stai dimostrando più inutile del solito.»

Cachemire emise un profondo ringhio: «Non parlare in quel modo a mammina! Essere una supereroina è impegnativo, ed è nostro dovere di assistenti stare al suo fianco!»

Gattavius si irrigidì. Sicuramente pensava di essere lui lo Sherlock Holmes della situazione, e che io fossi Watson, quindi sentire Cachemire così convinta che fossi io il capo della banda lo aveva di certo fatto irritare.

«Nel caso in cui tu non l'abbia notato» disse sbuffando «si sta comportando come se non esistessimo. Quindi perché mai dovremmo sentirci in dovere di aiutarla? Non c'è modo.»

Questa volta fu Cachemire a lasciarsi sfuggire un gemito, mentre le orecchie, di solito sempre dritte, le ricadevano sul collo e la coda si abbassava in mezzo alle zampette posteriori: «Solo perché non è facile, non significa che non sia la cosa giusta da fare!»

«Hai ancora tanto da imparare, mia cara ingenuotta. Tanto per cominciare, la bella vita dev'essere sempre facile, nonché offrire Evian e posticini comodi al sole in abbondanza, per non parlare del mio tanto agognato panino all'astice.»

Per quanto mi risultasse difficile non intervenire in quella specifica conversazione, tenni gli occhi saldamente fissi davanti a me e continuai a camminare per raggiungere il prima possibile la scena del crimine.

Mags sembrava perdere le forze man mano che ci avvicinavamo al giardino delle sculture di ghiaccio.

«Scusa se ti ho trascinata in tutto questo» le dissi rivolgendole un sorriso dispiaciuto. «Ma vedrai che finiremo in un batter d'occhio. L'agente Bouchard ci ha chiesto soltanto di controllare che non entri nessuno finché non arriveranno i rinforzi.»

Raggiungemmo una scultura a forma di rosa che contrassegnava l'inizio del percorso a spirale lungo cui erano disposte le opere. Lasciai lì mia cugina e mi diressi verso l'uscita.

«Aspetta! Dove stai andando?» mi gridò dietro lei, nuovamente con la voce che le tremava.

«Sarò solo laggiù, a controllare l'uscita. Ti basterà fare un paio di passi e sporgerti sulla strada per vedermi» le spiegai con calma. «Mandami un messaggio se hai bisogno di qualcosa, anche solo fare due chiacchiere per far passare il tempo. Avremo finito prima che tu possa rendertene conto e, a quel punto, potremo lasciare che sia la polizia a occuparsi di tutto il resto, ok?»

Mags annuì, ma piccole rughe di preoccupazione le solcavano la fronte, solitamente liscia: «Va bene. Ma ora che ho avuto tempo di pensarci un po' su, preferirei trovare la nonna e tornare a casa il prima possibile. Qui non mi sento più al sicuro.»

Per quanto amassi il Festival natalizio, il benessere di mia cugina era di gran lunga più importante; volevo che avesse dei bei ricordi di Blueberry Bay, non che lo rievocasse come a un luogo orribile. Avrei fatto tutto il possibile per salvare la nostra vacanza.

«Va bene» dissi con quello che speravo fosse un sorriso rassicurante. «Troveremo comunque il modo di divertirci per conto nostro. Biscotti appena sfornati e una maratona di film natalizi ti sembrano un buon programma per la serata?»

Mags sorrise coraggiosamente e annuì: «Mi sembra una bella idea, signorina Detective che parla con gli animali.»

Ridacchiai mentre mi allontanavo per raggiungere la mia postazione all'uscita del giardino. Prima, però, raggiunsi rapidamente l'agente Bouchard al centro, per dirgli che io e Mags eravamo in posizione. Quando mi trovai al termine del percorso indicato dal nastro rosso, estrassi il cellulare, aprii una chat di gruppo con i miei genitori e inviai una serie di brevi messaggi.

C'è stato un omicidio al giardino delle sculture di ghiaccio.

L'agente Bouchard sta mettendo in sicurezza la scena del crimine. Nel frattempo, io e Mags controlliamo che non entri nessuno.

Dopodiché torneremo a casa.

Mags è piuttosto spaventata.

Potete accertarvi che la nonna torni a casa sana e salva?

Entrambi risposero immediatamente.

Dici sul serio? chiedeva mia madre.

Stai bene? Sei al sicuro? scrisse mio padre.

Sto bene, ma non credo che riusciremo a portare a termine il nostro incarico di giudici, risposi.

Povera Mags, commentò mia madre aggiungendo una faccina triste. *Questo non è certo un buon modo per iniziare a conoscere la nostra bella cittadina.*

Anche se non lo dissi, in realtà pensavo che quello fosse un ottimo modo per far capire a mia cugina com'era stata la mia vita di recente. Fin dal primo incontro con l'irriverente tigrato parlante, un anno e mezzo prima, la mia esistenza si era trasformata in un pericolo costante, un'indagine dopo l'altra.

Grazie a noi, i criminali venivano assicurati alla giustizia, ma non sembravano comunque intenzionati a prendersi una pausa. Nemmeno durante le vacanze di Natale.

Una chiamata in arrivo attivò la schermata del telefono. Era la nonna. «Cos'è questa storia che tu e Mags volete andarvene già a casa?» pretese di sapere, seppur con voce allegra.

«Sai com'è, trovare due cadaveri ha rovinato un po' l'atmosfera del Festival natalizio» spiegai in un sussurro, dopo essermi accertata che non ci fosse nessuno in ascolto nei dintorni.

«Beh, è un vero peccato. Puoi farmi un favore al volo e chiedere a Mags se posso prenderle qualcosa al padiglione degli artisti? Sono certa che le farebbero piacere un paio di souvenir, non credi?»

In sottofondo, udii una voce profonda dire qualcosa all'altro capo della linea, ma non riuscii a cogliere neanche una parola. «Nonna, chi c'è lì con te?»

«Solo un mio caro amico, il signor Milton» rispose lei in tono sbrigativo. «Ora puoi chiedere a Mags cosa le piacerebbe, per favore?»

«Certo, andrò da lei fra poco. Al momento, stiamo tenendo d'occhio la scena del crimine: ci sono due punti d'ingresso, quindi non è un buon momento per—»

«Siete al giardino delle sculture di ghiaccio, no?

Non è poi molto grande. Fai una corsa veloce e chiediglielo, così so come regolarmi.»

Sospirai, ma feci come mi aveva detto. Non aveva senso discutere con la nonna quando si metteva in testa qualcosa—soprattutto se l'alternativa era semplice e rapida, come in questo caso.

Tenendo ben stretto il cellulare in una mano e Gattavius sotto l'altro braccio, raggiunsi di corsa l'ingresso principale del giardino, con Cachemire alle calcagna. Avevo appena svoltato l'angolo quando vidi Mags.

Aveva gli occhi spalancati, il volto ancora più pallido del solito. Una figura incappucciata la trascinò e la fece salire a forza sul retro di un furgone, chiuse violentemente il portellone e ripartì a gran velocità...

7

Lasciai cadere tutto ciò che avevo in mano nella montagnola di neve al lato della strada e partii all'inseguimento del furgone.

«Anche se atterro sempre in piedi, fa male essere buttati giù così all'improvviso, sai!» mi gridò dietro Gattavius.

Ma non avevo tempo per rispondergli. Rincorsi il furgone più veloce che potei, anche se sapevo che non sarei mai riuscita a stragli dietro a piedi. Forse avrei potuto leggere la targa, o vedere almeno di sfuggita il guidatore; qualcosa, qualsiasi cosa che mi aiutasse a non perdere Mags.

Strizzai gli occhi per mettere a fuoco il veicolo che si allontanava, provandoci con tutte le mie forze. Non avevo mai portato gli occhiali, ma ero da sempre un po' miope per via di tutto il tempo che trascorrevo a leggere. Purtroppo, non riuscii a identificare nemmeno una singola cifra o lettera sotto lo strato di fango secco che ricopriva la targa.

Smisi di correre e mi chinai, ansimante, appoggiando le mani sulle ginocchia per riprendere fiato; Cachemire, invece, continuò a correre abbaiando come un'indemoniata, attirando gli sguardi incuriositi di chiunque si trovasse nelle vicinanze.

«Torna qui, brutto cattivo!» strillò la chihuahua. «Non è per niente carino portare via qualcuno che non vuole. Umano cattivo, cattivo, cattivo!»

Quando ripresi un po' il fiato, mi guardai intorno in cerca di Gattavius, ma di lui non c'era traccia. Forse, alla fine, era andato a prendersi il tanto desiderato panino all'astice, o forse si era nascosto da qualche parte a leccarsi l'orgoglio ferito—sia per essere stato lasciato cadere nella neve senza tante cerimonie, sia per essere stato costretto a indossare la pettorina che tanto detestava.

All'improvviso notai un lampo fucsia con la coda dell'occhio: era arrivata la nonna che, a differenza mia, non sembrava minimamente affaticata.

«Ti è caduto questo» disse, restituendomi il cellulare. «Mi hai fatto preoccupare da morire. Cos'è successo?»

Non riuscii a trattenere le lacrime, che presero a scorrermi lungo le guance. Un conto era trovare i cadaveri di persone che non conoscevo, ma assistere in tempo reale al rapimento di mia cugina era tutto un altro paio di maniche. Era mio dovere e mia responsabilità prendermi cura di lei mentre era nostra ospite, e avevo fallito miseramente.

«Hanno preso Mags» dissi con la voce che mi tremava, proprio come quella di mia cugina quando avevamo trovato i corpi nel giardino delle sculture di ghiaccio. «L'hanno rapita e sono fuggiti.» Altre lacrime mi rigarono le guance; soffocai un singhiozzo mentre la nonna mi abbracciava forte, cercando di farmi calmare.

«*Shh*, tesoro. Tesoro. Tesoro. Tesoro» ripeté in tono cantilenante.

Il suo amico si avvicinò e le appoggiò una mano su una spalla. Non mi ero nemmeno accorta del suo arrivo, ma adesso era lì, e cercava di intromettersi in quella situazione così intima.

«Chi l'ha rapita?» chiese con voce profonda.

«Non lo so.» Tenni lo sguardo fisso sulla nonna, anziché volgerlo verso il signor Milton. «Non sono riuscita a vederne il viso, ma la persona che l'ha presa l'ha costretta a salire nel retro di un furgone bianco e se n'è andata in tutta fretta. Non sono neanche riuscita a leggere il numero di targa.»

«È una cosa vergognosa, nonché contraria allo spirito delle feste natalizie» mormorò la nonna con il viso affondato nei miei capelli. «Ma la riporteremo a casa, te lo prometto.»

Mi lasciai andare tra le sue braccia, ponendole le domande che mi vorticavano frenetiche in mente: «E se si trattasse della stessa persona che ha ucciso i giudici? E se uccidesse anche lei? È tutta colpa mia! E poi, lei qui non conosce nessuno. Non capisco. Perché mai qualcuno avrebbe dovuto rapirla? Voglio dire, perché mai qualcuno vorrebbe fare del male a Mags, tanto più non conoscendola?»

Sentii una zampa darmi dei colpetti sul polpaccio. Mi voltai e mi chinai, aspettandomi di trovare Cachemire, ma al suo posto vidi Gattavius, seduto accanto a me con espressione compiaciuta.

«Ora che finalmente ho lo stomaco pieno, riesco a pensare con maggior chiarezza» spiegò. Poi si mise a leccarsi una zampa e iniziò a strofinarsela sulla testolina. Attesi con impazienza mentre continuava a leccarsi e strofinarsi, cosa che fece almeno mezza dozzina di volte, senza aggiungere altro.

Infine, sbottai: «Sai qualcosa? Sai chi ha rapito Mags?»

Lui riappoggiò la zampa a terra e mi fissò con i grandi occhi ambrati.

«Non so proprio nulla!» rispose il signor Milton, dando per scontato che mi fossi rivolta a lui. Come avevo potuto dimenticarmi della sua presenza? Dovevo prestare maggior attenzione se volevo mantenere il mio segreto, a prescindere da quanto fossi preoccupata per mia cugina in quel momento.

«Ovviamente *questo* non lo so» rispose Gattavius con un gemito di esasperazione. «Ma penso di sapere qualcosa che potrebbe esserti utile.» Fece un'altra pausa per enfatizzare il concetto, come gli piaceva fare ogni volta che voleva dare un tocco drammatico alle situazioni.

Un giorno o l'altro, la sua passione per la teatralità sarebbe stata la fine per me. Letteralmente. Era probabile che mi venisse un attacco di cuore in attesa di una delle sue rivelazioni.

«Allora?» chiesi, mettendomi le mani sui fianchi, incapace di aspettare ancora. Spostai lo sguardo da Gattavius alla nonna, fingendo che fosse lei il bersaglio della mia ira, in modo da mantenere la copertura davanti al signor Milton.

Accidenti! Perché se l'era portato dietro?

«Datti una calmata! Sei sempre così impaziente!»

Il tigrato rimase nuovamente in silenzio e mi fissò, sfidandomi a fargli fretta.

Mi morsi la lingua e rimasi in attesa, mentre la nonna riempiva il silenzio per stare al gioco.

Dopo qualche istante Gattavius sembrò calmarsi. Sbatté lentamente le palpebre prima di proseguire: «Ti dirò quello che so, anche se sei stata un po' scortese. Sai che voi umani sembrate tutti uguali, vero? Beh, questo vale ancora di più per quanto riguarda te e Mags.»

Anche se ero piuttosto certa di aver capito dove voleva arrivare, decisi di chiedere comunque spiegazioni per averne la certezza: «Che vuoi dire?»

La nonna rispose qualcosa, ma tutta la mia attenzione era concentrata esclusivamente su Gattavius.

Lui scosse il capo, frustò l'aria con la coda e sospirò di nuovo: «*Voglio dire* che, chiunque abbia rapito Mags, probabilmente voleva rapire *te*. Riflettici e capirai che ho ragione. Come sempre.»

8

Non appena Gattavius ebbe pronunciato quelle parole, seppi che era la verità. Mags non conosceva nessuno a Blueberry Bay, eccetto me e la mia famiglia.

Nessuno avrebbe avuto motivo di rapirla.

La verità era che non aveva amici in città, ma nemmeno nemici.

Io, d'altra parte... Diciamo pure che, con le mie indagini, avevo pestato i piedi a personaggi loschi ben più di una volta. Ma era una ragione sufficiente perché qualcuno volesse rapirmi?

Anziché continuare a interrogarmi sulla questione, decisi di chiedere alla nonna. Anche se ero già convinta che la teoria di Gattavius fosse corretta, faticavo a credere che qualcuno volesse davvero farmi del male.

«Credi che chi ha rapito Mags, in realtà, volesse prendere me? Tutti dicono che ci assomigliamo moltissimo e, ecco, forse...» Non riuscii a proseguire oltre.

La nonna si morse il labbro e annuì: «Sembra plausibile, non credi?» disse scuotendo il capo.

Il signor Milton fece passare un braccio intorno alle spalle della nonna e la attirò al suo fianco. L'intimità di quel gesto mi diede il voltastomaco.

«Chi potrebbe essere così motivato a rapire lei o te tanto da correre il rischio di farlo nel bel mezzo di un festival pieno di gente?» chiese con gli occhi fissi nei miei.

Anche se era una domanda lecita, mi fece irritare. Avrei voluto che la nonna gli dicesse di andarsene e lasciarci indagare in pace.

Inoltre, si sbagliava: le strade avevano iniziato a essere un po' più frequentate nel corso della mattinata, ma in realtà non c'era ancora molta gente, in particolare nell'area semideserta in cui si trovava il giardino delle sculture di ghiaccio, che era già al di fuori della zona più movimentata in cui si svolgevano le varie attività e si trovavano gli stand e i padiglioni.

Feci un rapido conto guardandomi intorno:

c'erano solo quattro persone nelle vicinanze. Se anche si erano accorte di ciò che era accaduto poco prima, di certo non lo davano a vedere. I pochi che avevano assistito alla mia frenetica rincorsa se n'erano già andati: molto probabilmente non si erano resi conto di quanto fosse grave la situazione.

La nonna rimase accoccolata contro il signor Milton, anche se lo sdilinquimento nei suoi occhi era scomparso già da un pezzo.

«Non sarebbe poi così difficile intrufolarsi e andarsene inosservati» puntualizzò. «Ci sarà un grande andirivieni per tutto il giorno, ci sono almeno sei parcheggi in posti diversi e molti venditori sono arrivati con SUV e furgoni per caricare e scaricare le merci. Quindi, vedete, in realtà sarebbe stato piuttosto facile organizzare un rapimento. Per lo meno, più facile che in giornate normali.»

«Allora concordate con la mia teoria, giusto?» chiese Gattavius, impaziente. «Perché ho ragione su questo punto—come sulla maggior parte delle cose, in effetti. Dovreste iniziare a darmi retta senza perdere tanto tempo.»

Per tutta risposta, annuii. Anche se detestavo perdere tempo a discutere su questioni già chiarite, era pur vero che non potevo prendere per oro colato qualsiasi cosa dicesse. Non soltanto era spesso scorbutico e sarcastico: alcune sue idee erano decisamente troppo influenzate dai programmi televisivi melodrammatici che guardava prima e dopo il pisolino mattutino e quello pomeridiano.

Il tigrato prese a fiutare l'aria fredda sollevando la testa: «Sarebbe una risposta o una presa in giro? Non è affatto facile capirsi quando non mi parli. Procediamo ipotizzando che il bersaglio fossi tu, e non Mags?»

«Sì» mormorai sottovoce. Sembrava che non gli importasse minimamente di mantenere il mio segreto.

«Come hai detto?» chiese il signor Milton con un'espressione confusa e un sopracciglio inarcato.

«Ah... *ehm*... stavo solo parlando fra me e me» balbettai, sentendo il calore salirmi alle guance. «Intendevo dire *sì, la nonna ha assolutamente ragione*. Può essere stato chiunque, e più tempo lasciamo passare prima di iniziare a cercarla, più sarà difficile trovarla. Dobbiamo fare qualcosa, e subito!»

La nonna si liberò dall'abbraccio del signor Milton: «Sì, sì, dobbiamo andare a cercarla.»

«Ma potrebbe essere ovunque» disse l'uomo con un sospiro. «E chi l'ha portata via potrebbe essere gente pericolosa. Potremmo finire per trovarci in una situazione senza vie d'uscita.»

Gli lanciai un'occhiataccia. Detestavo il fatto che si intromettesse in quella situazione.

«È ciò che si fa in famiglia» dissi. «È ciò che fanno le persone di buon cuore. Si fanno avanti. Si aiutano l'un l'altro.»

«Soprattutto a Natale» aggiunse la nonna, emettendo un verso di disapprovazione e scuotendo tristemente il capo. «È ciò che faremo noi.»

«Esattamente. E se lei non ci sta, ce la caveremo benissimo da sole» aggiunsi, nella speranza che cogliesse la palla al balzo per squagliarsela.

Lui si schiarì la gola e mi fissò negli occhi con un gran sorriso: «Bene, allora. Non posso certo abbandonare a se stesse due signorine così adorabili, tantomeno in una situazione potenzialmente pericolosa.»

Feci spallucce: «Faccia come le pare.»

Poi mi rivolsi alla nonna, voltando intenzionalmente le spalle al signor Milton: «La prima cosa da fare è chiamare mamma e papà e raccontare loro cos'è successo. Abbiamo bisogno dell'aiuto di tutti per trovare Mags e non dimentichiamolo l'assassino che ha ucciso l'uomo e la donna nel giardino delle sculture di ghiaccio.»

«Che disastro questo Festival natalizio» commentò cupamente la nonna.

Poi si voltò di lato per guardare in faccia il signor

Milton: «Per favore, ci lasceresti un minutino da sole, caro?» gli chiese con un sorrisino.

«Sì. Sì, certamente. Vado a comprare un po' di *latke* per tutti. Hanno un bell'aspetto e forse uno spuntino caldo è proprio ciò di cui abbiamo bisogno ora.» Si allontanò a passi pesanti, evidentemente dispiaciuto di essere stato congedato a quel modo; ma io ne ero felice e speravo che lei avesse in programma di tenerlo alla larga per tutta la durata delle ricerche.

Quando si voltò verso di me, parlando in fretta e a bassa voce, gli occhi le brillavano: «Ci penso io a chiamare i tuoi» disse. «Tu vedi cosa riesci a scoprire con l'aiuto degli animali.»

«Non perdiamo altro tempo» risposi annuendo. Poi li presi in braccio entrambi, con somma gioia di Cachemire e altrettanto sdegno di Gattavius.

«Ascoltate, ragazzi» dissi. «C'è gente lungo tutto l'isolato, quindi non posso parlare ad alta voce e, se qualcuno si avvicina, potrei essere costretta a interrompermi a metà frase. Ok? Ora ditemi: avete udito, visto o fiutato qualcosa che possa aiutarci a scoprire cos'è successo a Mags?»

Gattavius si spostò in una posizione più comoda, ma sembrava comunque disgustato all'idea di starsene stretto al mio petto accanto a Cachemire, che si dimenava entusiasta come sempre. «Fanno sempre così con i gatti, sai: arrivano con un furgone, ci portano via e ci rinchiudono in gattile. Ovviamente non ho mai subito un trattamento tanto indegno, ma nessuno se ne preoccupa quando succede a noi.»

Cachemire emise un gemito e chinò il capo: «È successo anche a me. È così che mi sono ritrovata al rifugio per animali. Dopo che la mia mamma è morta, io, i miei fratellini e le mie sorelline siamo finiti a vivere per strada ed eravamo così affamati che non sapevamo proprio come fare per tirare avanti. Poi però è arrivato un camion bello grosso e ci hanno portati al rifugio. Non era poi così male vivere lì, ma un giorno è arrivata la nonna che ha deciso di adottarmi e da allora la mia vita è stata perfetta, e lo è tutt'ora.»

Gattavius alzò gli occhi al cielo: «Ti sbagli di grosso se pensi che Mags se la passerà meglio perché uno sconosciuto incappucciato l'ha ficcata sul retro di un furgone. Per gli umani le cose non funzionano come per noi.»

Cachemire gemette di nuovo: «Ma hai detto che se fosse accaduto a un gatto...»

«So cos'ho detto. A volte voglio solo dare un po' di filo da torcere ad Angela, in modo che sappia che le sto prestando attenzione.»

A quel punto fui io ad alzare gli occhi al cielo.

«Cachemire, tesoro,» dissi con dolcezza «grazie per avermi raccontato la tua storia. Ma questa volta Gattavius ha ragione. Chiunque abbia rapito Mags non ha certo intenzione di aiutarla.»

«Le faranno del male?» chiese la cagnolina, tremando violentemente a quella prospettiva.

«Spero di no» dissi con un bisbiglio strozzato.

Al contempo Gattavius rispose: «È probabile.»

Ricacciai indietro un singhiozzo.

Non me lo sarei mai perdonato se fosse accaduto qualcosa a Mags. E non soltanto perché era venuta a Glendale per conoscermi, ma anche perché, molto probabilmente, ero io il bersaglio del rapitore, non lei.

Si sarebbe arrabbiato quando avrebbe scoperto che Mags non era la persona giusta?

Sarebbe tornato a prendere anche me?

Si sarebbe sbarazzato di lei o l'avrebbe lasciata andare?

Quanto avrei voluto saperlo!

9

l signor Milton tornò circa un quarto d'ora dopo con due cartocci di *latke*.

La nonna ne accettò uno, ricompensandolo con un rapido bacetto sulla guancia. Io scossi il capo e dissi: «No, grazie», ancora con Gattavius stretto al petto.

Cachemire era già saltata giù per fare le feste alla nonna.

Sinceramente, la paura mi stringeva lo stomaco in una morsa così stretta che non c'era il minimo spazio per del cibo.

Loro due si misero a mangiare di gusto i propri *latke*, mentre io mi spremevo le meningi cercando di capire quale fosse il modo migliore di procedere: «Vado a cercare il signor Gable» annunciai, incamminandomi verso destra a passo deciso e lasciandoli indietro entrambi.

«Mammina! Mammina! Vengo anch'io!» strillò Cachemire, trotterellando allegramente dietro di noi, più buffa del solito per via del costume da renna.

Trovammo il signor Gable proprio dove l'avevamo lasciato non molto tempo prima, ovvero all'ingresso principale del festival, vestito da Babbo Natale senza cappotto e intento a scattare foto ai visitatori sulla slitta trainata dalle renne.

C.P., la sua coniglietta, se ne stava rannicchiata nel presepe lì a fianco, semicoperta di fieno: spropositatamente grande rispetto alle statuine di pastori, Re Magi, mucche, cammelli e angioletti, sembrava fuori posto, con un effetto comico.

«Angie, perché... Perché sei senza fiato? Hai partecipato anche tu alla corsa con le renne?» Il gioielliere ridacchiò piano e allegramente, come era sua consuetudine; non era, però, una risata sufficientemente vivace e tonante da adattarsi a un Babbo Natale.

Quella domanda fu l'ennesimo promemoria del fatto che avevo un disperato bisogno di rimettermi in forma, soprattutto considerando che mia nonna, che aveva passato i settanta, sarebbe stata in grado di farmi magiare la polvere qualunque circostanza. E spesso lo faceva.

«Signor Gable, la polizia l'ha contattata?» Estrassi il cellulare e guardai l'ora: con mia grande sorpresa, era passata solo poco più di mezz'ora da quando avevo riferito all'agente Bouchard di aver trovato i due cadaveri nel giardino delle sculture di ghiaccio, e ancor meno da quando Mags era stata rapita.

Le guance del signor Gable divennero rosse quanto le mie. In quel modo assomigliava decisamente di più a Babbo Natale, cosa che mi diede almeno un po' di gioia. «Perché mai la polizia avrebbe dovuto contattarmi? Cos'è successo?»

Non avrei voluto dover essere proprio io a dirglielo, ma sembrava che non ci fosse altra scelta; così gli raccontai del ritrovamento dei cadaveri, aggiungendo che sapevamo già per certo che uno dei due apparteneva a uno dei giudici convocati per l'occasione dal consiglio cittadino. Gli dissi anche che Mags era stata rapita poco dopo, caricata e portata via su un furgone che era ripartito a tutta velocità.

Lui rimase a fissarmi per qualche istante a occhi sgranati, senza nemmeno sbattere le palpebre: «E tutto questo è accaduto in mezza mattinata? Proprio qui al nostro Festival natalizio?» Gli si ruppe la voce sull'ultima sillaba.

«Temo proprio di sì» risposi, crucciata. «L'agente Bouchard si sta occupando di mettere in sicurezza la scena del crimine. Ha già chiamato i rinforzi. Io, invece, sto cercando di scoprire chi ha rapito mia cugina e come fare per ritrovarla e riportarla a casa sana e salva.»

Ecco uno dei problemi dei piccoli centri come il nostro: non c'erano agenti di polizia sufficienti per occuparsi di un doppio omicidio, tantomeno di un concomitante rapimento. Anche per questo il mio lavoro di investigatrice privata era così importante. L'agente Bouchard mi aveva già permesso di collaborare alle indagini più di una volta proprio per quella ragione.

«Cosa dovremmo fare ora?» chiese il signor Gable, sbiancando all'improvviso per poi arrossire di nuovo, in preda all'ansia. «Ci siamo impegnati tutto l'anno nell'organizzazione di questo festival. Sono giunti commercianti da tutta Blueberry Bay. Molte persone affrontano un lungo viaggio per arrivare fin qui in occasione dell'evento. Centinaia di esse sono ancora in viaggio. Dovremmo annullare tutto e chi s'è visto s'è visto? O cercare di andare avanti, nonostante l'accaduto?»

Scossi il capo. Avrei tanto voluto sapere cosa rispondergli: «Entrambe le scelte presentano lati negativi. Sinceramente, non vorrei essere nei suoi panni.»

Lui emise un profondo sospiro, passandosi le mani tra i folti capelli bianchi: «Caspiterina. Si tratta di una responsabilità che non avrei mai pensato di dovermi assumere, in qualità di capo del consiglio cittadino. Ma anche se sono il capo, siamo una squadra. Penso che dovrò discuterne con gli altri e sapere cosa ne pensano, prima di prendere una decisione, non trovi?»

Appoggiai Gattavius sul sedile anteriore della slitta, poi mi sedetti accanto a lui.

Cachemire saltellava ai miei piedi: era troppo bassa per riuscire a saltarci sopra da sola, così mi chinai e la tirai su. Lei iniziò subito a leccarmi il viso, felice di riunirsi a me dopo quindici secondi scarsi di separazione.

«Mi sembra una buona idea» dissi, per lo più perché non mi veniva in mente niente di meglio. «Io resterò qui ad accogliere i nuovi arrivati e scattare loro le foto sulla slitta mentre lei andrà a parlare con il resto del consiglio.»

«Oh, magnifico, magnifico» disse lui, mettendomi fra le mani la macchina fotografica digitale lucida e liscia. «Ti dispiacerebbe tenere d'occhio C.P. nel frattempo? Molto probabilmente non si sveglierà nemmeno. Ho fissato il suo guinzaglio alla zampa posteriore di quel cammello laggiù, quindi non dovrebbe darti problemi.»

«Certo che la terrò d'occhio. Lo faccio volentieri» lo rassicurai.

«Ci tocca fare i coniglio-sitter? Uccidetemi subito!» borbottò Gattavius seduto al mio fianco.

Il signor Gable mi rivolse un rapido sorriso, che tuttavia si dissolse all'istante; poi si avviò in tutta fretta borbottando qualcosa fra sé e sé.

Lanciai un'occhiata in direzione del parcheggio, ma non c'era nessuno in arrivo. Questo significava che avrei avuto un po' di privacy per parlare con gli animali.

«Pensavo che saremmo andati a cercare Mags» gemette Cachemire.

«È ciò che si era detto di fare» aggiunse Gattavius. «Ma sai quanto possono essere volubili gli umani. Angela, per quanto tempo ce ne resteremo qui a far niente?»

Avrei voluto saperlo. C'erano molte cose che avrei voluto sapere in quel momento, e un solo animale a cui non avevo ancora chiesto se avesse qualche informazione.

Scivolai giù dalla slitta e mi avvicinai in punta di piedi al presepe, facendo attenzione a non allarmare la coniglietta: da quel che ricordavo dal nostro ultimo incontro, era una tipetta ansiosa. Dovevo assolutamente parlarle per capire se poteva dirmi qualcosa di utile ma, se l'avessi spaventata, quasi certamente si sarebbe rifiutata di rivolgermi la parola.

Dovevo giocare bene le mie carte.

Per Mags.

10

Una volta raggiunto il presepe, mi sedetti delicatamente di fianco alla mangiatoia. All'istante i pantaloni si impregnarono di umidità e mi sentii il posteriore gelato, ma non me ne curai.

«C.P.» dissi con dolcezza. «C.P., sono io, Angie. Ci siamo viste al negozio per animali quando ci siamo andati per fare le foto con Babbo Natale. Non so se te lo ricordi, ma—»

Il fieno al mio fianco si mosse e ne spuntò fuori un nasino grigio, seguito da due occhietti scuri. «Oh caspiterina! Oh, caspiterina! Chi sei? Cosa ci fai qui? Dov'è il signor Gable? Hai intenzione di mangiarmi? Sto per morire? Va tutto bene? Oh, Buon Natale, diamine di Buon Natale...»

Gattavius comparve al mio fianco con un sorrisetto irriverente fra le vibrisse. Non avrei saputo dire se fosse venuto ad aiutarmi o a prendersi gioco di C.P.

«Rilassati, lagomorfo» sbuffò. «Lei non è qui per mangiarti, ma io potrei farlo, se non collabori.»

Scoppiò in una risata diabolica, proprio come faceva quando vomitava appena fuori dalla porta della mia camera da letto, divertendosi più nel farlo che nell'osservarne i risultati. Quindi aveva intenzione di aiutarmi e al contempo complicarmi la vita. *Fantastico.*

«Oh, Buon Natale, Buon Natale!» sbottò C.P., utilizzando quell'augurio come una parolaccia. «Non voglio essere mangiata. Non lo voglio affatto. Sapevo che avrei fatto meglio a non uscire di casa per oggi. Il signor Gable mi ha costretta, ma io non volevo venire. Volevo solo restarmene a casa a dormire e mangiare carote, e ora, ecco, guarda come va a finire!»

Sferzando violentemente l'aria con ampi movimenti della coda, Gattavius gridò: «Se pensi davvero di sapere cos'è meglio per te, ascolta cos'ha da dirti la signorina! E piantala di ripetere 'Buon Natale'. Mi hai capito?»

La coniglietta annuì lentamente, le lunghe orecchie penzoloni nel fieno: «Mi dispiace» balbettò in preda al terrore. «Non intendevo farla arrabbiare, signor Gatto. È solo che... devo stare sempre all'erta o potrebbero succedere cose orribili. La vita non è facile quando si è prede, sa? Chiunque dei presenti potrebbe uccidermi. Moltissimo conigli non hanno la possibilità di vivere a lungo quanto me, e io vorrei campare ancora per un bel pezzo. Sono affezionata al mio umano.»

Anche Cachemire ci raggiunse. Non avevo idea di che cosa avesse fatto negli ultimi due minuti, ma a quanto pareva non stava ancora arrivando nessuno, così decisi di insistere.

«Per caso hai—» cominciai a dire, ma Cachemire mi interruppe, un comportamento molto strano da parte sua.

La chihuahua emise un latrato triste. Le orecchie, solitamente ben dritte, le caddero in avanti quando chinò la testa per osservare la coniglietta con espressione addolorata: «Oh, povera piccolina. Non riesco a immaginare quanto sia difficile per te. Vuoi parlarne? Sai, sono brava ad ascoltare.»

Stavo per dire qualcosa per riportare la conversazione sul binario giusto, quando Gattavius, sempre più infastidito, mi venne in aiuto.

«Ve lo dico una volta per tutte: questa non è una puntata di *Dr. Phil*, e non siamo qui per discutere dei tuoi sentimenti, lagomorfo. Ci servono informazioni.

Dobbiamo trovare Mags. Concentrati sull'obiettivo, non ti distrarre, presta la massima attenzione e avanti così con tutti i bei cliché che tanto piacciono agli umani. Ora stammi a sentire» disse, voltandosi verso C.P. con un luccichio negli occhi ambrati. «Una delle nostre umane è stata rapita da dei tizi pericolosi.»

La coniglietta sussultò.

«*Già*» disse Gattavius con enfasi, annuendo. «*Pericolosi*. Dobbiamo trovarla prima che sia troppo tardi.»

Fece due rapidi passi in avanti e sfoderò minacciosamente gli artigli di una delle zampe anteriori: «Ora dicci tutto ciò che sai, lagomorfo!»

Il naso della coniglietta non smise nemmeno per un istante di muoversi freneticamente, anche se il resto del corpo era immobile per la paura: «Non so cosa vi aspettate da me» disse con voce debole. «Mi dispiace per ciò che è successo alla vostra amica umana, ma io non ne so niente. Ora, per favore, posso tornare a fare il pisolino?»

Gattavius si leccò ostentatamente gli artigli, fissando il coniglio a occhi socchiusi. Non pensavo che potesse comportarsi come un gangster quando aveva a che fare con gli animali di Glendale. A quanto pareva, avrei dovuto controllare con più cura i programmi televisivi che guardava.

Il tigrato era sul punto di ricominciare a parlare, ma lo interruppi appoggiandogli una mano sulla schiena: «Si prendono più mosche con il miele che con l'aceto» mormorai, cercando di persuaderlo a usare le buone anziché le cattive.

«E chi mai vorrebbe delle mosche?» chiese lui. «Sono disgustose, e completamente *off topic*.»

Alzai gli occhi al cielo, poi tornai a concentrarmi su C.P.: «Sei stata qui tutta la mattina a osservare la gente che andava e veniva. Hai visto qualcuno di sospetto?»

«Io vedo tutto» disse lei annuendo, per poi immobilizzarsi di nuovo. «È questo che fa la differenza tra restare in vita e diventare uno spuntino.»

«Ok» dissi lentamente, dato che non si era degnata di rispondere alla domanda. «Hai notato qualcuno di sospetto?»

La coniglietta contrasse un orecchio, poi l'altro: «Considero sospetto ogni predatore» disse. «Inclusi voi. Soprattutto il gatto.»

Gattavius rise allegramente, come se fosse la battuta più divertente che aveva mai sentito, nonché il regalo che più desiderava per Natale.

«Capisco» dissi lentamente, sperando che il signor Gable ci impiegasse ancora un po' a tornare, in modo da poter procedere con metodi di interrogatorio più efficaci. «Qualcuno ti è sembrato più sospetto degli altri? O sospetto in modo diverso?»

C.P. ci rifletté su: «Beh» disse infine. «Ora che me lo dici, sì. Ho visto degli umani molto sospetti.»

Finalmente stavamo facendo dei progressi.

11

«Sai chi ha rapito Mags?» le chiese Cachemire agitando la coda con fare speranzoso, mentre tutti fissavamo C.P. in attesa di scoprire cosa sapeva.

«Chi è Mags?» chiese distrattamente la coniglietta. «La tua umana mi ha chiesto se ho visto qualcuno di sospetto.»

«Sì, esatto» mi affrettai a dire per riportare il discorso sul binario giusto. «Parlami di questi tipi sospetti.»

C.P. sollevò un orecchio con fare esitante, poi lo riabbassò: «È arrivata tanta gente, e quasi tutti si sono fermati a salutare il signor Gable e farsi scattare una foto, ma un paio di umani sembravano avere molta fretta.»

«Stai dicendo che hanno rifiutato di farsi fotografare?» chiesi, per accertarmi di aver capito bene.

«Non gli hanno dato nemmeno il tempo di chiederglielo. È molto strano vedere un predatore comportarsi in quel modo. Uno di essi continuava a guardarsi intorno, avanti e indietro, come faccio io quando cerco di capire se c'è un pericolo. L'altro umano andava di fretta e ci è passato davanti senza neanche salutare.»

«È molto strano» concordai, pensierosa. «Sai dirmi qualcosa di più su queste persone? Sono arrivate insieme? Che aspetto avevano? Li hai riconosciuti?»

La coniglietta sbatté lentamente le palpebre, muovendo freneticamente il nasino: «Tutti hanno voluto farsi scattare una foto, eccetto quei due. Non sono arrivati insieme, è passato un po' di tempo prima che arrivasse anche il secondo. Non so chi fossero.»

«Sai dirmi se erano uomini o donne? Vecchi o giovani? Riusciresti a descrivere il loro aspetto?»

C.P. voltò leggermente la testolina, fissando Gattavius per qualche istante prima di rivolgersi nuovamente a me: «Non saprei. A me gli umani sembrano tutti uguali, dico davvero. Non avete macchie o altri segni particolari sul mantello. Questo rende molto difficile distinguervi.»

«Esatto» disse Gattavius annuendo. «Non è quello che ho sempre detto io?»

La coniglietta trasalì: «Questo è tutto. Non so nient'altro, davvero. Ora potete allontanarvi, per favore?»

«Grazie per l'aiuto» le dissi alzandomi in piedi e spolverandomi il retro dei pantaloni per eliminare i residui di fieno rimasti attaccati. Purtroppo, avevo il didietro bagnato a causa della neve che si era sciolta. Con buona pace del fieno che avrebbe dovuto creare uno strato protettivo per restare asciutti. «Il signor Gable ci ha chiesto di tenerti d'occhio, ma possiamo farlo anche allontanandoci un po'.»

«Grazie» mormorò la coniglietta, continuando a tenerci d'occhio con sospetto mentre ci allontanavamo dal presepe.

«Beh, è stato completamente inutile» soffiò Gattavius. Se mi fossi girata a guardarlo, di certo lo avrei visto alzare gli occhi al cielo. «Sono proprio contento di aver perso tempo prezioso a parlare con quel lagomorfo.»

«In realtà ci ha dato parecchie informazioni utili» puntualizzai, sollevando la macchina fotografica in una mano. «C.P. ha detto che sono passate due persone sospette e che nessuna di esse si è fatta scattare una foto.»

«Quindi cosa suggerisci di fare?» chiese il tigrato frustando l'aria con la coda. «Esaminare tutte le foto scattate con quel marchingegno e incrociare i dati con tutta la gente che si è recata al festival finora?»

Rimasi colpita dal fatto che lo aveva capito senza che dovessi spiegarglielo. Ma in effetti era diventato abbastanza esperto di fotografia grazie alla relazione a distanza con Grizabella, portata avanti tramite Instagram.

«Tanto per cominciare» dissi, «ci sono più punti d'ingresso al festival. La gente può iniziare la visita da dove preferisce. Senza dubbio molta gente non è venuta a farsi fare la foto perché non è nemmeno passata da qui.»

«*E*» aggiunse Gattavius con l'aria di chi la sa lunga «ciò che è sembrato sospetto al lagomorfo potrebbe non esserlo affatto. Ha visto due persone che, secondo lei, si sono comportate in modo strano, ma è possibile che nessuna delle due abbia niente a che fare con gli omicidi o il rapimento.»

«Lo so» ammisi con un sospiro «ma se non altro è un punto di partenza.»

Accesi la macchina fotografica e iniziai a scorrere le foto sul display. Avevo appena cominciato, quando fummo raggiunti da un po' di gente tutta insieme.

La nonna e il suo amico, il signor Milton, arrivarono da una direzione, mentre da quella opposta fece ritorno il signor Gable. Infine, giunse anche Charles, il mio ragazzo, che subito mi passò un braccio intorno alle spalle e mi diede un bacio sulla fronte.

«Ho finito di lavorare presto e ho pensato di farti una sorpresa» disse con un sorrisone. «Allora, cosa mi sono perso?»

Il signor Gable emise un gemito, la nonna trasalì e il signor Milton rimase con lo sguardo fisso a terra.

Gattavius gli rispose, ma Charles non era in grado di capirlo senza il mio aiuto, e non si trattava affatto di una risposta gentile.

Cachemire iniziò ad abbaiare e si sollevò sulle zampe posteriori, saltellando per attirare l'attenzione di Charles.

«Ehi» disse lui, prendendola in braccio e dandole un bacetto sulla testolina. «Perché siete tutti così silenziosi?» chiese poi, spostando lo sguardo su ciascuno dei presenti. «Mi sono davvero perso qualcosa, non è così?»

Gli appoggiai una mano sulla spalla e lo informai

del doppio omicidio e del rapimento, aggiungendo anche, con tutta la delicatezza possibile, che eravamo convinti che i rapitori volessero prendere me, e non Mags.

«E tutto questo in mezza mattinata?» domandò con espressione vacua.

Annuii tristemente: «Non so cosa fare» gemetti. «Hai qualche idea?»

Il signor Gable si schiarì la gola: «Ho parlato con gli altri membri del consiglio cittadino, e riteniamo che sia meglio annullare il festival. Abbiamo già iniziato ad avvisare i commercianti e abbiamo offerto loro la possibilità di spostare gli stand nel parco. Presidieremo le uscite e manderemo tutti là, in modo da facilitare il lavoro alla polizia.»

Il signor Milton annuì e si prese il mento fra il pollice e l'indice: «Annullare l'evento più importante dell'anno comporterà perdite onerose. I commercianti non saranno affatto contenti.»

«Ci perderanno in termini economici» concordò la nonna «ma se non altro non rischieranno di lasciarci la pelle.»

«È proprio per questo che abbiamo deciso di annullare l'evento» concordò il signor Gable.

«Avanti» disse Charles. «Andiamo a cercare Mags.»

È vero, me la sarei potuta cavare anche senza il suo aiuto, ma ero felice di avere il mio ragazzo al mio fianco in quella situazione.

Avremmo trovato Mags. A qualsiasi costo.

Mi rifiutavo di accettare qualsiasi altra possibilità.

12

«Pensi che i due crimini siano collegati?» mi chiese Charles in tono pratico mentre lo conducevo al luogo in cui Mags era stata rapita. Lui portava in braccio Cachemire, e io Gattavius, che questa volta aveva avuto il buon gusto di non lamentarsi.

«Non saprei» risposi con lo sguardo fisso a terra, come se ci potessi trovare le risposte che ancora ci mancavano. «Non credo che lo siano, ma non voglio tralasciare nessuna ipotesi. Non si sa mai.»

«Buona idea» disse Charles dandomi una strizzatina al gomito, poiché avevo bisogno di entrambe le mani per trasportare il tigrato in modo che stesse comodo e non ricominciasse a lamentarsi. «Mi dispiace di non essere arrivato prima» aggiunse.

«Non preoccuparti. Non potevi saperlo. *Nessuno* avrebbe potuto pensare che sarebbero accadute cose così orribili. E proprio la vigilia di Natale, per di più...»

Charles rimase in silenzio per un po', perso nei propri pensieri, come gli capitava spesso. Poi disse: «Non credi che sia possibile che queste cose siano accaduto non a dispetto del fatto che è la vigilia di Natale, ma proprio *per via* di questo?»

«Che vuoi dire?» domandai, arrischiandomi a lanciargli un'occhiata anche se dovevo guardare bene dove andavo per non rischiare di inciampare in uno dei tanti commercianti intenti a smontare gli stand.

«Forse il Festival natalizio ha fornito all'assassino e/o al rapitore un'occasione che altrimenti non si sarebbe presentata. O forse l'assassino è qualcuno di collegato al festival. Hai detto che le vittime erano i giudici del concorso delle sculture di ghiaccio, giusto?»

«Beh, per lo meno una delle due» risposi. Ripensandoci, l'agente Bouchard non era riuscito a identificare la donna, e io non ero più riuscita a tornare da lui per via di ciò che era accaduto a Mags.

«So che ogni secondo è importante in questa situazione» mi disse Charles mentre ci avvicinavamo al giardino delle sculture di ghiaccio, «ma prendiamoci qualche minuto per parlare con la polizia. Potrebbero avere informazioni che ci mettano sulla strada giusta per ritrovare Mags.»

Meno di due minuti dopo, trovammo l'agente Bouchard e un paio di altri poliziotti accanto alla gigantesca scultura a forma di albero di Natale. «Angie,» disse lui «sono sorpreso che tu non sia tornata prima.»

«Nessuno ti ha informato?» chiesi. Avevo la gola secca e la voce mi uscì a fatica. «Qualcuno ha rapito Mags. L'hanno portata via mentre era di guardia all'ingresso del giardino.»

«Mags? Tua cugina? Perché mai?» Aggrottò le sopracciglia. «E per quale motivo non ne sono stato informato subito?»

Aveva ragione. Nessuno di noi aveva pensato di avvertire le autorità del rapimento di Mags. Probabilmente la nonna aveva dato per scontato che me ne sarei occupata io, mentre io avevo pensato che l'avrebbe fatto lei. Se non altro, ora potevo discuterne con il poliziotto di cui mi fidavo di più.

«È successo tutto così in fretta» ammisi. «Non riesco a credere di essermi dimenticata di venire subito da te, ma sapevo anche che eri già molto occupato qui.»

Lui sospirò, massaggiandosi il collo con le dita: «Molto occupato è dir poco.»

«Avete scoperto qualcosa?» chiese Charles, stringendo la mano dell'agente in segno di saluto. «Qualcosa che possa aiutarci a trovare Mags mentre voi date la caccia all'assassino?»

«*Dare la caccia* non è esattamente un'espressione appropriata. A quanto pare, qui qualcuno legge un po' troppi romanzi di Stephen King» disse scherzosamente l'agente. «In ogni caso, sì, siamo riusciti a identificare la seconda vittima. Si tratta del secondo giudice del concorso, la signorina Zelda Benedict. Insegnava arte all'Università di Portland ed era venuta fin qui appositamente per svolgere quel compito.»

Inspirai a denti stretti. La situazione non faceva che peggiorare: «Che modo terribile di presentarci a chi non è del posto. *Avanti, gente, venite al Festival natalizio di Glendale: avrete buone possibilità di farvi ammazzare!* Con buona pace di fare buona impressione.»

«È una circostanza particolarmente sfortunata» concordò l'agente Bouchard. «La signorina Benedict era una vera esperta nel suo campo, molto rispettata. Senza dubbio i suoi colleghi ci staranno con il fiato sul collo finché non avremo trovato e assicurato alla giustizia il colpevole.»

«Ci sono collegamenti fra lei e Fred Hapley?»

«Per quel che ne so, quei due non si sono mai incontrati in vita loro. Per lo meno finché non sono finiti morti ammazzati qui nella neve. In ogni caso, il buon vecchio Fred è stato ucciso con un colpo di pistola. L'arma doveva essere dotata di silenziatore, perché nessuno ha sentito lo sparo. Ma per quanto riguarda Zelda? È stata accoltellata con un'asta di ghiaccio.»

«Perché non ucciderli allo stesso modo?» chiese Charles, passandomi un braccio intorno alla vita con fare protettivo e osservando con sospetto le sculture di ghiaccio intorno a noi.

«È proprio quello che ci chiediamo anche noi» disse l'agente Bouchard annuendo. «Ho l'impressione che l'assassino sia venuto qui con l'intenzione di uccidere una sola persona, e abbia poi commesso il secondo crimine perché è stato colto sul fatto dall'altro giudice.»

«Quindi cerchiamo qualcuno che ne sapesse abbastanza del festival da riuscire a progettare di incontrare Zelda Benedict da sola nel giardino delle sculture di ghiaccio prima dell'arrivo della maggior parte dei visitatori, quando il posto era ancora deserto. Questa persona, però, non conosceva il programma a sufficienza da sapere che anche Fred Hapley si sarebbe presentato qui presto.»

«È l'idea che ci siamo fatti» disse l'agente Bouchard con ampi cenni del capo. Poi allungò una mano per fare una carezza a Cachemire. «Ma ora mi state dicendo che, oltre a questo, qualcuno ha rapito tua cugina. Voi siete arrivate qui soltanto dopo che entrambi i giudici erano stati uccisi e l'assassino se n'era già andato. Allora perché rapirla?»

«Anche se non l'abbiamo visto, l'assassino poteva essere nascosto qui da qualche parte per tenere d'occhio la situazione» azzardai, stringendomi Gattavius al petto per farmi coraggio. «Potrebbe averci osservate per tutto il tempo; ha visto che abbiamo trovato i corpi, che abbiamo parlato con lei e che eravamo in postazione per fare la guardia agli ingressi. Però, allora, perché non rapire anche me?»

«Purtroppo abbiamo molte domande e ancora pochissime risposte.» L'agente Bouchard chinò il capo e sospirò. «Chiamo subito la stazione di polizia per avvertire i colleghi del rapimento di Mags. Anche se i nostri uomini sono tutti qui sulla scena dell'omicidio, le forze di polizia delle cittadine vicine sono tutte a disposizione per via della portata dell'evento, e nell'ultimo anno a Dewdrop Springs si è verificato un buon numero di rapimenti. Quindi sono loro i veri esperti del settore, mentre purtroppo da noi gli omicidi sono diventati quasi pane quotidiano.»

«Grazie per l'aiuto» borbottai. Detestavo tutto della piega che aveva preso la giornata.

«Vorrei poter fare di più per aiutarti. Ma, se ti conosco bene, sei già a buon punto per trovarla tu stessa.»

Ci salutammo, poi io, Charles e gli animali ci dirigemmo verso il punto in cui avevo visto Mags per l'ultima volta prima che venisse portata via e che quell'incubo peggiorasse più di quanto avrei mai potuto immaginare.

Auspicabilmente presto avremmo trovato qualche indizio. Non sapevo ancora da dove iniziare per andare alla ricerca della mia povera cugina e, mentre il tempo scorreva inesorabile, il cuore mi si stringeva sempre più.

«Dio, ti prego» mormorai, rivolgendogli una preghiera con gli occhi puntati verso il cielo, da cui cadevano grossi fiocchi di neve. «Ti prego, fa' che stia bene.»

13

Anche se la nevicata mattutina era stata lieve, i fiocchi avevano continuato a scendere a ritmo costante. Quindi, le impronte che avevo lasciato quando avevo cercato di inseguire il furgone su cui Mags era stata portata via erano già per lo più coperte di neve fresca. Quasi una decina di altre paia di impronte si snodava attraverso la strada e lungo l'isolato, rendendo ancora più difficile identificare le mie tracce.

Una gran quantità di gente stava arrivando al festival solo per scoprire che l'evento era stato annullato ed essere rimandata da dove era venuta. Quell'episodio avrebbe costituito la fine della tradizione più amata della nostra piccola città?

No, al momento non aveva la minima importanza.

«È qui che l'hanno prelevata» dissi a Charles, indicandogli un vicolo che tagliava fra i negozi. «Il furgone è andato in quella direzione, poi ho perso le sue tracce.»

«L'ho inseguito anch'io!» intervenne orgogliosamente Cachemire. «Ma le mie zampine non avevano nessuna possibilità contro quel grosso furgone cattivo.»

A volte mi domandavo se la chihuahua credesse che anche gli altri umani la capivano come facevo io. Oppure le sembrava comunque educato rivolgersi a tutti, a prescindere dal fatto che capissero o meno ciò che diceva.

«La neve ha coperto la maggior parte delle tracce degli pneumatici, ma riesco a scorgere ancora qualche solco.» Charles si chinò e toccò il terreno. «Seguiamole fin dove possibile e vediamo dove ci portano.»

«I rapitori non erano gli unici ad avere un veicolo» brontolò Gattavius, accoccolato fra le mie braccia. «Siamo in pieno centro. Praticamente tutti sono arrivati qui in auto. Compresi noi e Chuck il Ciuco.»

«Grazie per la precisazione» gli dissi, approfittando della relativa privacy offertaci dal vicolo.

«Cos'ha detto?» chiese Charles inarcando le sopracciglia.

Di certo sapeva che Gattavius aveva parlato male di lui. Dopotutto, ero stata io a dirgli che il tigrato lo aveva soprannominato Chuck il Ciuco. Ciò nonostante, detestavo riferirgli le frecciatine sarcastiche che il dispettoso felino non mancava quasi mai di esprimere.

«Uh... niente» dissi lentamente, lanciando un'occhiata al vicolo nella speranza di individuare qualcosa che ci aiutasse a cambiare rapidamente argomento—e, possibilmente, anche a capire dov'era finita Mags.

«Capisco quando parla male di me, sai» disse Charles con una risatina schiva.

«*Cosa?*» Mi fermai e lo fissai, per cercare di capire se si stesse prendendo gioco di me, ma la sua espressione rimase seria mentre mi guardava negli occhi. «Come fai a saperlo?»

Lui fece spallucce e mi passò un braccio intorno alla vita.

Cachemire procedeva rapida davanti a noi, lasciandogli le mani libere, mentre Gattavius aveva preferito restare tra le mie braccia per non dover camminare nella neve umida.

«Non so dirti come sia possibile. Lo capisco e

basta. Forse è per via di tutto il tempo che trascorro con Jaques e Jillianne, ora che anch'io ho dei gatti; o forse è solo perché sto imparando a conoscere meglio lui e il suo modo di fare.»

«Credi forse che...?» Non riuscii a finire la frase. La domanda era troppo folle per porla ad alta voce, ma se davvero Charles riusciva a capire quando Gattavius era sarcastico, allora forse...

«*Capisci ciò che dice?*» gli chiesi, ponendo enfasi su ciascuna parola?

«No» rispose, ridacchiando di nuovo. «E non vorrei nemmeno. Una cosa è sapere che parla male di me, ma sentirlo con le mie orecchie sarebbe un altro paio di maniche. Soprattutto ora che stiamo collaborando per risolvere il caso. Soprattutto dato che si tratta di Mags.»

Da quando Mags era arrivata, Charles era uscito con me e mia cugina un paio di volte e i due andavano molto d'accordo—era tipico di Charles trovarsi bene un po' con tutti.

Ma al di là di questo, sapevo che ciò che desiderava di più era vedermi felice e accertarsi che non accadesse niente di male alle persone a cui tenevo. Charles Longfellow III era proprio un bravo ragazzo. Non voleva mai vedere qualcuno soffrire o essere trattato ingiustamente. Era questo a renderlo un avvocato così in gamba: faceva sempre del proprio meglio per i suoi clienti, senza risparmiarsi, ogni singolo giorno.

«Mammina! Mammina!» abbaiò Cachemire, correndo verso di me a una velocità tale da sembrare, in lontananza, una sagoma confusa vagamente a forma di renna.

Ero così presa dal discorso con Charles da non essermi accorta che si era allontanata tanto.

«Mamminaaaaaaaaaaaaaaa!» gridò di nuovo, spremendo tutta l'aria che aveva nei piccoli polmoni. «L'ho fiutata! Ho fiutato quella roba!»

«Cos'hai fiutato, tesorino?» chiesi, cercando di non alimentare troppo le mie speranze. Cachemire faceva sempre del proprio meglio per rendersi utile in ogni modo possibile, ma la sua totale mancanza di diffidenza nei confronti del prossimo la rendeva poco accorta come investigatrice.

La cagnolina ci aveva ormai raggiunti e scodinzolava con tanta forza da rischiare di perdere l'equilibrio. Anche se sapevo che la nonna preferiva che tenesse il cappottino quando era fuori casa, decisi di liberarla da quel costume sproporzionato.

Ci sarebbe stata molto più d'aiuto se non avesse rischiato di inciampare e fare un capitombolo a ogni passo, proprio come il cane del Grinch, quando era stato costretto, senza tante cerimonie, a travestirsi da renna.

«Grazie, mammina» disse la chihuahua con un sospiro gioioso, scrollandosi proprio come quando le facevamo il bagnetto. Speravo solo che non iniziasse a correre come una dannata da una parte all'altra e a rotolarsi furiosamente, i due passaggi successivi ogni volta che festeggiava la fine di quella sgradevole procedura.

«Così va molto meglio» disse, riprendendo a scrollarsi, ma, per fortuna, limitandosi a quello. «Vuoi sapere cos'ho fiutato?»

«Te lo posso dire io cos'ha fiutato» disse Gattavius, ancora fra le mie braccia, emettendo fusa lievi. «È quella roba a base di patate fritte.»

«*Ehi!*» gemette la cagnolina. «Volevo dirglielo io. Volevo rendermi utile, mammina, così mi avresti detto che sono una brava cagnolina.»

«Sei la cagnolina più brava di tutte, Cachemire. Non preoccuparti, puoi dirmelo lo stesso. Vai pure avanti.»

Gattavius, evidentemente, aveva scoperto quell'indizio e aveva deciso di non rivelarmelo. Per quanto mi riguardava, era Cachemire a meritarsi gli elogi.

Lei si rotolò a terra, poi si rialzò in piedi con un balzo e canticchiò: «Si tratta dei *la-la-loki*. O erano i *latlatke*? Non me lo ricordo, ma Mags ne aveva mangiati un sacco. Me ne aveva anche dato un pezzettino, ma non mi è piaciuto. Avrei preferito un panino all'astice, come Gattavius.»

Quell'affermazione attirò l'interesse del tigrato: «Preparano dei panini all'astice deliziosi allo stand del Little Dog Diner. Davvero squisiti. Possiamo prenderne un altro prima di tornare a casa?»

Cachemire annuì e perse l'equilibrio. Forse le serviva un po' di tempo per riabituarsi a stare senza il costume, proprio come gliene era servito per abituarsi a camminare con quell'affare addosso. «Sento l'odore di quel cibo, viene da questa parte.» Iniziò a correre girandoci intorno, poi si allontanò lungo il vicolo e svoltò.

«Andiamo!» dissi, passando Gattavius a Charles. Lui sarebbe riuscito a correre più in fretta di me e affaticandosi meno, anche con il tigrato in braccio. Inoltre, non volevo che il felino avesse l'opportunità di sgattaiolare via, se lasciato incontrollato.

Ora l'unica cosa che contava era trovare mia cugina.

Beh, almeno per tre dei quattro membri della nostra piccola squadra di ricerca.

Ci mettemmo tutti a correre.

Cachemire procedeva rapida, ma di tanto in tanto

ci girava intorno, rivolgendoci parole d'incoraggia-
mento con una vocetta acuta: «Mammina, puoi
farcela! Sei brava a correre! Dico sul serio! Sei proprio
una brava umana! Forza, mammina!»

Anche se mi faceva molta tenerezza, non era
granché d'aiuto. Finalmente, quando avevo già
iniziato a sentire il senso di spossatezza alle gambe
per via di tutto quel movimento imprevisto con i
jeans aderenti, Cachemire si fermò, emise un ringhio
basso e rimase immobile con la testa lievemente
piegata verso terra.

Io e Charles rallentammo.

«È stato terribile» si lamentò Gattavius. «Vediamo
di non rifarlo, ok?»

Lo ignorai e seguii lo sguardo della cagnolina,
avvicinandomi al punto che stava fissando.

«Vedi, mammina?» chiese Cachemire, rimanendo
perfettamente immobile nonostante fosse evidente
che moriva dalla voglia di scodinzolare forte. «In
questo punto c'è odore fortissimo di Mags.»

Io e Charles ci chinammo a esaminare alcuni
oggetti parzialmente coperti di neve.

«Perché queste cose appartengono a Mags!» dissi
con un sussulto. Sollevai con mani tremanti il
berretto di pelliccia bianco, il cellulare e la piccola

menorah d'argento che mia cugina aveva comprato proprio quella mattina.

«Perché le ha lasciate qui?» chiese Cachemire con un guaito.

«Non credo che l'abbia fatto di proposito.» Riposi tutto in borsa. «Non credo proprio» ripetei.

«Quindi cosa facciamo adesso?» chiese Gattavius.

Contemporaneamente, Charles disse: «Beh, questa è una prova concreta, ci sarà sicuramente utile.»

«Ma che facciamo ora?» chiesi anch'io, ripetendo le parole di Gattavius.

«Beh, chiamiamo i rinforzi, mi sembra ovvio» rispose Charles.

Amavo la sua capacità di mantenere la calma e la lucidità, a prescindere da quanto la situazione potesse farsi difficile. Perfino il tigrato era completamente coinvolto ora, e si lamentava con frequenza sempre minore. Finalmente eravamo una squadra, e niente ci avrebbe fermati.

Tieni duro, Mags! Stiamo arrivando!

14

Charles telefonò alla nonna, mentre io chiamai mia madre, che rispose al primo squillo: «Ehi, tesoro, avete trovato Mags?»

«Non ancora» risposi tristemente. «Ma abbiamo una pista, per quanto labile. Tu e papà potreste raggiungerci nel vicolo che parte da Third Street? Sai, quello subito a destra del negozio di pancake.»

«Sì, arriviamo subito» rispose. Poi riattaccò.

Charles mi abbracciò e mi sussurrò fra i capelli: «Andrà tutto bene. La troveremo. Tua nonna sta arrivando. Ha detto che porterà anche un amico che ci darà una mano nelle ricerche.»

«Si tratterà del signor Milton» dissi in tono freddo.

«Chi è? Non mi sembra di conoscerlo.»

«Neanch'io l'avevo mai visto fino a oggi. Mi fa strano che venga anche lui, con tutto quello che sta succedendo.»

«Beh, forse ci tiene davvero a tua nonna e vuole dare una mano per farla felice» disse Charles stringendosi nelle spalle e sciogliendosi dall'abbraccio.

Scossi il capo: non ci credevo molto, considerando anche la sua reazione di prima. «Sì, o forse è l'assassino che tutti stiamo cercando.»

Charles fece un verso di disapprovazione: «Non dici sul serio, vero?»

«Sì. No... Non lo so. È solo che mi sembra strano.»

«Beh, se non ti fidi di lui, allora non mi fido neanch'io. Potremmo provare a fargli qualche domanda quando arriverà.»

«Forse.»

«State parlando del nuovo amico della nonna?» chiese Gattavius, arricciando il labbro superiore per il disgusto. Se non altro, eravamo d'accordo su qualcosa. «Quel tizio non ha le *parti rimosse* per uccidere qualcuno.»

«Le parti rimosse?» chiesi confusa.

«Sì, dai. Quelle che hanno i gattini maschi prima di essere portati dal veterinario per—»

«Ho capito!» esclamai, affrettandomi a interromperlo prima che potesse andare avanti con la spiegazione.

«In ogni caso, mi sembra sospetto» aggiunse il tigrato. «L'hai visto nelle foto quando hai controllato la macchina fotografica del signor Gable?»

«Giusto! La macchina fotografica» dissi, dandomi una manata sulla fronte. Ci eravamo completamente dimenticati di finire di controllare le foto. «Chiamo subito il signor Gable per chiedergli se ce la può prestare un attimo.»

Il capo del consiglio cittadino era troppo impegnato per stare al telefono, ma prima di riattaccare mi disse che aveva consegnato l'apparecchio alla polizia.

«Vedi» disse Charles passandomi un braccio intorno alle spalle e attirandomi a sé, mentre Gattavius se ne stava seduto in silenzio nella neve. «Stanno già controllando. C'è un sacco di gente che ci sta aiutando a ritrovare Mags.»

«Sinceramente non credo che sia stato il signor Milton a rapirla. Però potrebbe essere l'assassino. Mi sembra strano che uno sconosciuto, di colpo, si interessi tanto a cose che non lo riguardano.»

Charles non aggiunse altro finché non arrivarono i miei genitori, pochi minuti dopo.

Lo salutarono con un abbraccio.

«Avete fatto in fretta» disse lui.

«Non eravamo molto lontani. Eravamo al giardino delle sculture di ghiaccio con l'agente Bouchard e gli altri. Vi incoraggerà sapere che tutte le forze di polizia di Dewdrop Springs e Misty Harbor sono alla ricerca di Mags, mentre gli agenti di Glendale continuano a indagare sul doppio omicidio.»

«Non è fantastico?» disse mio padre con il suo sorrisone abituale. «Più siamo, meglio è. E meno ci impiegheremo a trovarla. *La troveremo*, Angie!»

Mi sforzai di sorridere: «Sì, è quel che dicono tutti. Spero che abbiate ragione.»

«*Fede*. Devi avere fede» mi esortò lui con un sorriso ancora più ampio.

«Ascoltate» dissi a bassa voce, di modo che solo i miei e Charles potessero udirmi. «Prima che arrivi la nonna, volevo avvisarvi che non mi fido del nuovo amico che porterà con sé.»

«Stai dicendo che sospetti *del signor Milton*?» chiese mia madre. La voce le si fece acuta in modo innaturale mentre pronunciava le ultime parole.

«Dico che non lo so. Ma finché non riusciremo a escluderlo dai possibili sospettati, non sarò tranquilla. Voglio dire, non lo conosco, e non so quanto la nonna lo conosca a fondo. Voi sapete qualcosa di lui?»

Mia madre si passò le dita fra i capelli mentre rifletteva: «L'ho incontrato una o due volte nel corso di alcuni reportage effettuati a Caraway Island. Mi è sembrato un tipo ragionevolmente per bene.»

Caraway Island. Era una zona di Blueberry Bay in cui mi recavo raramente, non solo perché bisognava prendere il traghetto per raggiungerla, ma anche perché non aveva molto da offrire, a parte un bel paesaggio. Apprezzavo la vista sull'oceano e le spiagge ben tenute, ma le avevamo anche noi nella nostra piccola cittadina costiera.

«Hai qualcosa contro Caraway Island?» mi chiese Charles inarcando un sopracciglio e guardando nella mia direzione. Era diventato una parte così importante della mia vita da quando si era trasferito a Glendale un anno e mezzo prima, che a volte dimenticavo che era nato e cresciuto in California. Non conosceva ancora tutte le piccole stravaganze della vita a Glendale.

«Per prima cosa, i Cavaliers di Caraway Islands sono i principali rivali della nostra scuola superiore» dissi, dandomi un colpetto sull'indice per mettere in conto quella prima motivazione. Poi sollevai un secondo dito per proseguire con l'elenco: «Inoltre, gli abitanti di Glendale si recano spesso a Misty Harbor, a Cooper's Cove e a Dewdrop Springs, e loro vengono qui da noi. Invece, gli isolani se ne stanno per lo più per conto loro, come se fossero troppo superiori rispetto a noi comuni mortali.»

Dal punto di vista geografico, Caraway Island faceva parte di Blueberry Bay, ma i suoi abitanti non partecipavano alla vita sociale della regione e non vi si integravano, come se non ne avessero fatto veramente parte. Forse era per questo che mi sembrava così strano che il nuovo fidanzato della nonna o qualsiasi cosa quell'uomo rappresentasse per lei provenisse da quella bizzarra isoletta.

«Non me ne preoccuperei troppo, Angie. È vero, abbiamo tutti qualche pregiudizio sui Cavaliers, ma la nonna apprezza il signor Milton, e lei è brava a giudicare il carattere delle persone» disse mia madre, anche se non ero del tutto certa che lo pensasse davvero.

«Può essere» dissi, distogliendo lo sguardo. Mi sentivo ugualmente scoraggiata.

«Che altro potete dirci? C'è stato qualche progresso?» chiese Charles.

Se i miei genitori non fossero stati proprio lì davanti a noi, gli avrei dato un bacio di quelli super per ringraziarlo di aver cambiato argomento.

«Sto seguendo il caso degli *omicidi nel giardino delle sculture di ghiaccio*» disse mia madre con lo stesso tono teatrale che assumeva Gattavius quando raccontava una storia o parlava di sé. «L'ultima notizia è che hanno identificato l'opera da cui è stata staccata l'asta di ghiaccio usata come arma del delitto. Anche se all'arrivo della polizia si era ormai quasi sciolta, sono riusciti a determinare che si tratta di un pezzo mancante della scultura a forma di cigno.»

«L'ho vista!» dissi. «È molto bella.»

«Lo è davvero. È stata Pearl, la signora che fa volontariato al rifugio per animali, a realizzarla. La conosci, vero? Credetemi, è sconvolta all'idea che una parte della sua opera d'arte sia stata utilizzata per uccidere quella poveretta. Soprattutto considerando che conosceva Zelda Benedict: erano buone amiche.»

«Crede che possa essere stata Pearl?» azzardò Charles.

«Oh cielo, no!» sbuffò mia madre, guardandolo con espressione incredula e scioccata. «La buona, dolce Pearl è più anziana di mia madre e non altrettanto arzilla. Già stento a credere che riesca a sollevare il suo volpino di Pomerania, una bestiola di poco più di due chili. Non avrebbe mai avuto la forza di staccare un pezzo di ghiaccio così grosso e utilizzarlo per pugnalare al cuore la sua amica. Santo cielo, no di certo!»

«Di che cosa state discutendo?» chiese la nonna

avvicinandosi con la sua tipica andatura spavalda, sottobraccio al signor Milton.

«Grazie per essere arrivati così in fretta» disse Charles, senza perdere nemmeno un istante, ora che c'eravamo tutti. «Abbiamo trovato il cellulare di Mags e un paio di altre sue cose gettate a terra proprio qui, quindi ora sappiamo che il rapitore è andato in questa direzione. Per ora non sappiamo altro, ma è un buon punto di partenza. Potete aiutarci nelle ricerche?»

«Vado a prendere la macchina» disse mio padre con un cenno di assenso. «Vi raggiungo qui il prima possibile.»

«Vado anch'io a prendere la mia» si offrì il signor Milton.

«E io vado a recuperare la mia» concluse Charles. «Angie, torno subito. Ok?»

«Ok.» Annuii, e lui mi diede un rapido bacio sulla guancia.

Mentre il mio ragazzo si allontanava in tutta fretta insieme agli altri due uomini, mamma e nonna mi si avvicinarono per un abbraccio di gruppo. Eravamo sempre state molto propense agli abbracci, ma raggiungevamo il culmine quando affrontavamo situazioni difficili come quella. Pericoli e momenti drammatici erano diventati un'abitudine, di recente, e detestavo che Mags si fosse ritrovata coinvolta in quella storia.

«Avete qualche teoria?» chiesi, sapendo che era poco probabile, ma continuando a sperarci.

La nonna piegò la testa di lato: «Non riesco a togliermi dalla testa il fatto che una vittima sia stata uccisa con un'asta di ghiaccio e l'altra con un proiettile. Non sembra un delitto ben pianificato.»

«No, per niente» concordò mia madre. «E non ci sono collegamenti tra Fred e Zelda, se non il fatto di essere stati entrambi uccisi stamattina.»

«Ci sono molti aspetti su cui riflettere in questo caso, e ovviamente desidero che venga fatta giustizia. Ma ora l'unica cosa che conta è ritrovare Mags» ricordai loro. «Avete qualche idea su cosa possa esserle accaduto?»

«Solo che il bersaglio eri tu, non lei» disse la nonna accigliata. «E la cosa non mi piace affatto.»

«Però l'hanno rapita, anziché ucciderla e basta. È un buon segno, no?» chiese mia madre spostando lo sguardo da me alla nonna in attesa che una di noi dicesse qualcosa di incoraggiante.

«Lo spero» risposi, per quella che mi parve la milionesima volta in quella mattinata. Finché Mags non fosse tornata a casa sana e salva, questo era tutto ciò che mi restava.

La speranza.

15

Mio padre fece ritorno in auto per primo, e Charles ci raggiunse poco dopo.

«Ok,» dissi rivolta a tutti, prima di metterci in moto, anche se il signor Milton non era ancora arrivato. «Cerchiamo un furgone bianco. La targa era troppo sporca di fango per riuscire a leggerla, ma potrebbero anche aver lavato il veicolo nel frattempo. La verità è che non abbiamo nessun'altra informazione. Non è molto, ma per il momento dovremo farcelo bastare.»

«Va bene» disse mio padre facendo *ok* con la mano. «Andiamo a riprenderci la nostra Mags!»

Aprii la portiera dal lato del passeggero della berlina di Charles, e Cachemire saltò subito su; lui la sollevò e la appoggiò sul sedile posteriore, mentre io mi sedevo e mi sistemavo con attenzione Gattavius in grembo. Sebbene sopportasse i viaggi in auto molto meglio che in passato, talvolta mi affondava ancora gli artigli nelle cosce in caso di curve improvvise o velocità troppo elevata per i suoi gusti.

Non appena mi agganciai la cintura di sicurezza, Charles partì a tutto gas. «In che direzione dovremmo svoltare, secondo te?» mi chiese mentre ci dirigevamo rapidamente verso la via principale di Glendale.

Non mi restava altra scelta che affidarmi al mio intuito, e sperare di azzeccarci. Per qualche ragione, qualcosa mi diceva di andare a sinistra.

Attraversammo lentamente le zone più trafficate, controllando ogni parcheggio in cerca del furgone bianco.

«Non funzionerà» dissi dopo un lasso di tempo di dieci minuti che mi erano sembrati un'eternità. «Se sono stati abbastanza astuti da organizzare un rapimento, lo saranno stati abbastanza anche da squagliarsela il più in fretta possibile.»

«Forse sì» concordò Charles, seguitando a guidare imperturbato. «Ma dobbiamo comunque fare un tentativo.»

«Hai ragione, hai ragione» dissi, continuando a guardarmi intorno senza aggiungere altro.

Gattavius mi colse di sorpresa quando appoggiò le zampe anteriori sul bordo del finestrino, unendosi alle ricerche. La sua testolina pelosa si muoveva da un lato all'altro con determinazione. *Sarebbe stato lui a trovarla?*

Se avessimo proseguito le ricerche anche dopo il tramonto, probabilmente sì. Dopotutto, era l'unico tra noi in grado di vedere al buio.

Oh, quanto speravo che non dovessimo arrivare a tanto!

Più tempo passava, più i rischi per Mags aumentavano. Avremmo dovuto averla già trovata. Anzi, non avrebbe nemmeno dovuto essere rapita.

«Mammina» uggiolò Cachemire dal sedile posteriore. «Da qui non ci vedo. Non riesco a vedere niente e vorrei dare una zampa anch'io.»

«Ha visto qualcosa?» chiese Charles sentendola abbaiare.

«No» gli riferii, senza staccare gli occhi dalla strada. «Non riesce a scorgere nulla da lì dietro e vuole darci una mano.»

Charles si diede un colpetto in grembo con una mano: «Su, allora vieni qui, piccola. Forza!»

Cachemire non se lo fece dire due volte: spiccò un balzo e atterò dritta in braccio a Charles, poi si sollevò sulle zampe posteriori, appoggiando quelle anteriori al finestrino, assumendo la stessa posizione di Gattavius.

«Ci sono un sacco di veicoli!» commentò. «Ma solo uno di essi ha portato via Mags.»

«Ovviamente» borbottò il tigrato, ma Cachemire lo ignorò.

Charles proseguì dritto. Continuando così, senza mai svoltare, prima o poi saremmo giunti a Cooper's Cove. Era possibile che i rapitori avessero portato mia cugina laggiù?

Nello sforzo protratto di osservare, l'occhio sinistro cominciò a fremere e, allo stesso tempo, sentii il battito accelerare. Il mio cervello lavorava senza sosta. Erano successe talmente tante cose che non era facile pensare con lucidità.

Due persone erano state uccise, ma probabilmente l'assassino aveva in programma di ammazzarne solo una. Mags era stata rapita poco dopo, ma il piano era prendere me, non lei. Non sapevamo se lo stesso soggetto o gruppetto fosse l'autore di entrambi i crimini o se il fatto che questi si fossero verificati a così breve distanza di tempo fosse solo un'incredibile coincidenza. Non avevo idea di chi potesse volermi rapire, di chi potesse aver ucciso i giudici del concorso, o di dove si trovasse Mags.

Era davvero troppo per me.

Inoltre, anche se le indagini sugli omicidi spesso mi tubavano, di solito non ci trovavamo in lotta contro il tempo: i morti restavano tali, a prescindere da quanto tempo ci volesse per risolvere il caso. Mags, invece, poteva ancora essere salvata!

«Non mi piace quando fai così» disse Gattavius voltandosi a guardarmi con un sogghigno sul musetto peloso.

«Quando faccio cosa?» chiesi senza capire.

«Quando ti lasci prendere dal panico. Riesco a fiutarlo e, lasciamelo dire, non è affatto un buon odore.»

«Ti riferisci al cortisolo, l'ormone dello stress?»

«Chiamalo un po' come ti pare. Ha un puzzo disgustoso, e comunque te la cavi molto meglio quando riesci a esaminare le situazioni in modo razionale. Quando ti lasci prendere dall'emotività, parti con il piede sbagliato.»

Beh...

Ero sbalordita dalla perspicacia di quell'osservazione e mi ci volle qualche istante per decidere come rispondere.

Intanto, Gattavius proseguì: «Quanti casi abbiamo risolto insieme, ormai? Questo dovrebbe essere più o meno il decimo, e ogni volta, a prescindere da cos'era accaduto, sei riuscita a scoprire la verità. Certo, il più delle volte sono stato io a svolgere il ruolo cruciale, ma tu c'eri e mi hai aiutato, proprio come ci si aspetta da una brava assistente. Ora mi sarai molto più d'aiuto se ti concedi qualche minuto per riprendere il controllo. Immagina che si tratti di un episodio di *Law & Order*: per prima cosa dobbiamo risolvere il caso, poi potremo occuparci di ottenere giustizia per le vittime.»

Si mise a canticchiare una musichetta melodica, che immaginai fosse la sigla di *Law & Order dun dun* e, anche se non credevo che le nostre vite potessero essere paragonate a un episodio del suo programma preferito, quella volta il mio gatto aveva assolutamente ragione.

Mi ero lasciata condizionare troppo dalla paura di cosa potesse accadere in seguito. Dovevo tornare a concentrarmi su ciò che già sapevamo, su ciò che era successo, e procedere da lì.

Seguendo il suo consiglio, feci alcuni respiri profondi mentre ripensavo ai fatti di entrambi i casi.

«A cosa stai pensando?» chiese Charles seduto al mio fianco, lanciando una rapida occhiata nella mia direzione mentre procedevamo verso Cooper's Cove.

«Sto riesaminando tutto quello che sappiamo, cercando di essere razionale anziché lasciare che la preoccupazione per Mags mi offuschi la mente.»

«Quindi ti sei calmata un po'?» mi chiese con un sorrisino.

«Sono ancora terribilmente preoccupata» ammisi con un sospiro, «ma devo mettere da parte le emozioni, per il bene di tutti noi. Gattavius me lo ha ricordato.»

Charles allungò una mano e accarezzò la testolina del tigrato, afferrando con l'altra la parte superiore del volante: «È proprio un bravo gatto, quando vuole.»

«Già» concordai, sorridendo al felino. «Lo è davvero...»

«Allora, dimmi a cosa hai pensato» proseguì il mio ragazzo. «Hai avuto qualche intuizione utile?»

Rimasi in silenzio per un minuto, raccogliendo i pensieri: «Non vedo come gli omicidi e il rapimento possano essere collegati. L'unico elemento in comune è il luogo in cui si sono verificati, e credo si tratti di una coincidenza.»

«Ha senso» commentò lui. «Vai avanti.»

«Inoltre, credo che uno solo dei due omicidi fosse premeditato, quindi sarebbe una forzatura volerci ricollegare anche il rapimento.»

«E poi, ti sei fatta molti nemici nell'ultimo anno e mezzo» mi ricordò Gattavius, con un rapido scatto della coda.

Lo riferii a Charles e lui fece una risatina: «È ciò

che accade ai buoni. Si finisce sempre per pestare i piedi a qualche cattivo che, prima o poi, tira fuori gli artigli.»

Gattavius si sollevò di scatto a quell'analogia, ma io lo ignorai e mi concentrai su quanto Charles aveva appena detto e su come affrontare la questione con razionalità, così chiesi: «Ma a chi posso mai aver pestato i piedi al punto da indurlo a rapirmi?»

«*Mmm.* Pensiamoci bene. Innanzi tutto, ci sono i soggetti coinvolti nella morte di Ethel Fulton e nella disputa sull'eredità.»

Il tigrato sussultò. Anche se sapevo che gli piaceva la nostra vita insieme, la sua proprietaria precedente gli mancava sempre molto.

Charles continuò a discutere dei vari assassini e altri criminali nella cui cattura avevamo svolto un ruolo. Quando finì, l'elenco includeva più di una decina di possibili sospettati.

«Sembra proprio che il gatto abbia ragione» disse in tono scherzoso. «Hai fatto arrabbiare parecchia gente. Ma chi trarrebbe beneficio a rapirti *proprio ora*? Sono tutti già finiti dietro le sbarre. Per loro non farebbe più alcuna differenza.»

«Di recente, io e Gattavius abbiamo risolto l'omicidio sul treno e quello nel negozio per animali.»

«I tizi del treno sono stati arrestati, giusto?» mi

chiese Charles inarcando un sopracciglio mentre si voltava a guardarmi.

«Sì, sono in prigione, come molti degli altri che abbiamo beccato.»

Charles annuì con espressione pensierosa: «Però il fatto che *siano in prigione* non significa che *non abbiano i mezzi*. Potrebbero avere degli scagnozzi a cui affidare il lavoro, per quel che ne sappiamo.»

«Quindi stai dicendo che *non possiamo escludere nessuno dall'elenco dei sospettati*?»

Lui scosse tristemente il capo: «No. Nemmeno uno.»

Il mio cellulare si mise a suonare dal portabicchiere dell'auto, dove l'avevo lasciato cadere dopo essere salita in macchina.

«È la nonna» strillai, affrettandomi a rispondere e mettendo il vivavoce.

«Angie, tesoro!» gridò lei. «Si tratta di Mags! L'hanno trovata! Ora è al sicuro!»

Gli occhi mi si riempirono di lacrime: «Oh, grazie al cielo... Grazie al cielo!» Non eravamo arrivati troppo tardi, dopotutto.

«Arriviamo il prima possibile» promisi alla nonna.

«Anche noi. Stiamo tornando tutti alla centrale di polizia di Glendale. Ci vediamo lì.»

16

Raggiungemmo la centrale di polizia a tempo di record.

Charles - da avvocato rispettoso della legge qual era - non superava mai il limite di velocità neanche di un chilometro l'ora, ma questa volta, dando una sbirciata al tachimetro, avevo visto benissimo che eravamo oltre di almeno una decina, anche se ero certa che lui sarebbe stato pronto a giurare il contrario.

In ogni caso, mentre ci precipitavamo da Mags, ogni singolo agente di polizia era occupato altrove.

Quando arrivammo, trovammo già lì la nonna e il signor Milton; a quanto pareva, Mags era stata appena riaccompagnata in centrale.

«Oh, grazie al cielo stai bene!» dissi fra le lacrime, correndo ad abbracciarla più forte che potei. Non appena me la trovai fra le braccia, un singhiozzo devastante mi scosse l'intero corpo.

Avevamo rischiato di perderci nuovamente dopo esserci ritrovate da così poco tempo... Ero stata a tanto così dal perderla per sempre.

Mia cugina mi fissò con occhi vitrei e impassibili. Era pallidissima.

«Su, su. Datele un po' di tempo per riprendersi» ci ordinò l'agente che l'aveva scortata in stazione. «È ancora sotto shock.»

Sussultai e feci un passo indietro. Desideravo che Mags mi parlasse, ma lei rimase in silenzio mentre entravamo in commissariato.

Mia madre e mio padre arrivarono cinque minuti dopo e la abbracciarono stretta, proprio come avevo fatto io.

«Caspita!» disse l'agente con una risatina. «Non mi ero reso conto che fosse in corso una vera e propria riunione di famiglia.»

Mia madre gli rivolse un'occhiata fredda, ma nessuno aggiunse altro. Poi Mags si schiarì delicatamente la gola e si guardò intorno nella stanzetta finché non mi vide.

«Angie» disse in tono piatto, del tutto privo di emozioni. «*Angie*» ripeté poi con maggior enfasi. «Non volevano me. Volevano *te*.»

«Lo so» risposi con un cenno del capo.

Charles si strinse al mio fianco, tenendo Gattavius fra le braccia.

Cachemire era già corsa dalla nonna in un turbinio di salti e leccatine.

Mags allungò una mano per accarezzare il soffice mantello striato di Gattavius: «Continuavano a chiamarmi Russo,» disse, «e non credo che abbiano capito che non eri davvero tu.»

«*Chi erano*? Perché ti hanno rapita?» Per quanto mi sentissi male alla sola idea di ciò che era accaduto, era ancora peggio sapere per certo che era colpa mia.

«Non lo so» rispose Mags, accigliata. «Una volta sul furgone, mi hanno bendata e legato le mani dietro la schiena. Non sono riuscita a vedere nessuno di loro.»

«Quanti erano? Erano uomini? Donne?» chiesi, desiderando con tutta me stessa di riuscire a scoprire di chi si trattava, in modo che i rapitori di Mags pagassero per ciò che avevano fatto.

«Sono io che faccio le domande, qui!» ringhiò il poliziotto, seccato. Non l'avevo mai visto prima:

probabilmente era uno degli agenti arrivati dalle cittadine limitrofe. «Ora, se ci date qualche momento...»

Mags sollevò una mano e lo interruppe: «No, sono i miei parenti. Voglio che restino qui. Qualunque domanda voglia pormi, possono sentire anche loro.»

«Ok» disse l'agente con un rapido cenno del capo, anche se era evidente che non fosse d'accordo. «Iniziamo dalla descrizione dei rapitori. Quanti erano? Erano uomini o donne? Avevano un accento particolare o qualche altra caratteristica che le viene in mente? Qualcosa che può aver udito, o un odore?»

Erano le stesse domande che stavo per farle io. Alcune le avevo anche già poste. Ma sembrava che per il poliziotto fosse importante ribadire di avere il controllo della situazione, così rimasi in silenzio.

Mags scosse lentamente il capo: «Mi è sembrato che fossero in due. Un uomo e una donna. Come ho già detto, non sono riuscita a vedere nulla. Li ho solo sentiti. Quando l'uomo mi ha costretta a salire sul furgone, avevo ancora con me tutte le mie cose. Avevo comprato una menorah di metallo al padiglione dedicato all'Hanukkah, e l'ho usata per colpirlo in testa più forte che potevo. Ma non è stato sufficiente a metterlo fuori gioco. A quel punto, ha preso la mia roba e l'ha scaraventata giù dal veicolo.»

Aprii la borsa e ne estrassi gli oggetti che avevamo trovato nella neve: «Siamo riusciti a recuperare tutto» le dissi, restituendoglieli. «Ottimo lavoro con quella botta in testa!»

Un sorrisino si dipinse per un istante sul volto di mia cugina, ma scomparve con la stessa velocità con cui era giunto.

«Continuavano a chiamarmi Russo, e io non li ho contraddetti perché non volevo metterti in pericolo e non sapevo cosa avrebbero fatto se avessero scoperto di aver preso la persona sbagliata. Avevo così tanta paura, Angie!»

«Lo so» dissi, con la voce che mi si spezzava.

«Erano furibondi. Continuavano a dirmi di non ficcare il naso in cose che non mi riguardavano. Hanno detto che, se mi fossi di nuovo messa in mezzo ai loro affari, mi sarebbe accaduto qualcosa di brutto. Qualcosa di *molto* peggio.»

«Ma chi erano?» chiesi, senza riuscire a trattenere un gemito.

Grosse lacrime iniziarono a scenderle lungo le guance: «Non lo so. Vorrei tanto averlo scoperto, così avrei potuto metterti in guardia. Tutto ciò che so è che erano molto arrabbiati e hanno detto che sarebbero tornati se non ti fossi tirata indietro. Che cosa significa, Angie? In che guaio ti sei cacciata? Si tratta forse di droga?»

«Non lo farei mai!» le assicurai, appoggiandole una mano sulla spalla e dandole una stretta per confortarla. «Deve avere a che fare con il mio lavoro di investigatrice privata. Ho scovato personaggi parecchio sgradevoli nel corso delle indagini.»

Il poliziotto si sfregò il mento: «Ah, lei è un'investigatrice privata?»

Annuii, e l'argomento si chiuse lì.

«Quindi le hanno recapitato il messaggio e poi l'hanno lasciata andare?» chiese l'uomo rivolgendo nuovamente l'attenzione a Mags.

«Credo che il loro piano fosse di tenermi prigioniera più a lungo, ma qualcosa deve averli spaventati. Forse il suono delle sirene delle volanti. Non ne sono sicura, perché è successo tutto molto in fretta. Sono andati nel panico e sono fuggiti. Quando sono stata certa che non sarebbero tornati indietro, mi sono data da fare per slegarmi le mani. Dopo essere riuscita a liberarle, mi sono tolta la benda e sono uscita in strada.»

«Dove l'abbiamo trovata» concluse l'agente.

«Esatto.» Detto questo, Mags si rivolse a me: «È difficile credere che sia accaduto meno di un'ora e mezzo fa.»

«Molte cose accadute oggi sono difficili da credere» aggiunse la nonna.

Il signor Milton, che fino a quel momento era rimasto in silenzio, si schiarì la gola: «L'hanno portata a Dewdrop Springs. Probabilmente si tratta di qualcuno del posto. Molte delle brutte cose che accadono nell'area di Blueberry Bay vengono commesse dalla gente che vive in quel postaccio.»

Gli occhi di tutti i presenti si fissarono sul signor Milton. Nessuno osò contraddirlo, ma nessuno si dichiarò d'accordo con lui.

«Può trattarsi di chiunque» dissi io infine. «Ma dubito che i rapitori siano stati così stupidi da tornare nel luogo in cui vivono mentre avevano Mags con sé.»

«Stai dicendo che dovremmo escludere Dewdrop Springs?» contestò il signor Milton con voce irritata.

«No, ma non dovremmo escludere nemmeno nessun'altra possibilità.»

«C'è qualcos'altro che puoi dirci, Mags?» chiese mia madre passandole un braccio intorno alle spalle.

«È tutto quello che so» rispose lei in tono cupo.

Restai in silenzio. Mags ne aveva già passate anche troppe. Non aveva senso chiederle di ripensare ancora a quei terribili momenti, dato che ci aveva già detto tutto.

Questo significava che non saremo riusciti a trovare i rapitori?

Probabilmente no, almeno per il momento.

Chi o che cosa li aveva spaventati a quel modo? Sarebbero tornati all'attacco?

D'ora in avanti sarei stata in costante pericolo, considerando che avrebbero potuto ripresentarsi in qualsiasi momento?

Avevano detto che volevano che mi fermassi, ma non sapevo a cosa si riferissero, e sinceramente mi rifiutavo di tirarmi indietro dai miei doveri di investigatrice privata per un paio di bruti ceffi arrabbiati.

Più che spaventata, ero infuriata—per quanto era accaduto, per il fatto che era accaduto a Mags anziché a me, e poi perché il signor Milton era ancora in mezzo ai piedi.

Infine, decisi di intervenire almeno su quella piccola seccatura: «Non pensate che dovremmo continuare a discuterne solo noi della famiglia?»

Guardai i miei genitori in cerca di sostegno, ma fu la nonna a rispondere: «Stai cercando di suggerire che il signor Milton non è il benvenuto?»

«Penso solo che sarebbe meglio se fossimo solo noi» ribattei.

Quando la nonna non intervenne in sua difesa, il

signor Milton iniziò ad agitarsi: «Sto solo cercando di dare una mano, non lo capisci?» mi chiese.

Mags riprese a parlare con quell'inquietante tono di voce che aveva da quando era tornata: «Angie ha ragione. Voglio che se ne vada.»

Il signor Milton rivolse un ultimo sguardo alla nonna, poi uscì come una furia dal commissariato.

17

«Venga con me» disse l'agente a Mags. «Dobbiamo raccogliere la sua testimonianza prima di poterla lasciar andare.»

«Vuoi che venga con te?» si offrì Charles.

Mia cugina scosse il capo: «Non ho fatto nulla di male, quindi non ho bisogno della presenza di un avvocato. Ma grazie lo stesso.»

La guardammo allontanarsi; noi restammo nella sala d'attesa, troppo vicini, per i miei gusti, a una macchina da caffè incrostata di sporcizia. Indietreggiai in modo da trovarmi il più lontano possibile da quell'infido apparecchio. Era stato proprio uno di quegli aggeggi a conferirmi la capacità di parlare con gli animali, e temevo che un altro di quei diabolici macchinari potesse togliermela con altrettanta facilità. Di certo non volevo correre il rischio!

«Come ti senti?» chiese Charles, appoggiandosi contro il muro accanto a me con una spalla e rivolgendomi uno sguardo preoccupato.

«Mi sento come se un enorme peso mi fosse stato tolto dal petto» dissi. «So che è il più banale dei cliché, ma è come se una parte di me non si fosse accorta di non riuscire a respirare finché non ho rivisto Mags sana e salva e, tutto sommato, incolume.»

«So cosa vuoi dire» concordò mia madre, intrecciando le dita a quelle di mio padre.

«Non so se riusciremo a trovare i rapitori con le informazioni che abbiamo, tesoro» mi disse la nonna, l'anziano volto contratto per la preoccupazione.

«Non è un grosso problema. Ora che so che vogliono me, mi farò trovare pronta» promisi.

«Forse volevano solo darti un avvertimento per poi fuggire» ipotizzò mio padre. «Farai come hanno detto?»

«Certo che no!» rispose la nonna al posto mio. «Angie non ha fatto proprio niente di sbagliato!»

Rivolsi una smorfia ai miei genitori: «Ha ragione, lo sapete anche voi. Ora che Mags è tornata, dobbiamo concentrarci per scoprire chi ha ucciso i giudici.»

«Cos'hai in mente?» chiese mia madre, con un lampo di curiosità nello sguardo.

«Mi piacerebbe parlare di nuovo con il signor Gable: è la persona più informata in assoluto sul Festival natalizio, sia per quanto riguarda la manifestazione in sé, sia in merito al comitato organizzatore.»

«Non dimentichiamo che è anche il più informato sugli ospiti» mi ricordò Charles. «Ha scattato foto a tutte le persone entrate dall'ingresso principale.»

«Giusto, la macchina fotografica!» strillai. «È qui in centrale. Non ho più avuto occasione di finire di controllare le foto.»

«Quell'agente non sembra propenso a farci collaborare alle indagini» mugugnò mio padre. «Credi davvero che ci farebbe visionare una prova importante come quella?»

Per tutta risposta Charles scosse il capo: «Lui potrà anche essere contrario, ma scommetto che l'agente Bouchard ci metterebbe un attimo a fargli cambiare idea.»

«Me ne occupo subito!» disse mia madre, estraendo il cellulare e facendo partire la chiamata. Un istante dopo un sorrisone le si dipinse in volto.

«Buongiorno agente, sono io, Laura Lee. Come probabilmente già sa, Mags è stata ritrovata, quindi ora possiamo aiutarla a scoprire chi è l'assassino del giardino delle sculture di ghiaccio.»

Non riuscii a udire la risposta dell'agente all'altro capo della linea ma, qualunque cosa avesse detto, mia madre non perse neanche un colpo.

«Certo, so che ci state lavorando tutti senza sosta» disse annuendo, «ma sa quanto è talentuosa la mia Angie nelle indagini. Credo sia sulla strada giusta per risolvere il caso.»

Le feci dei cenni agitando le mani, pregandola di non esagerare, ma era troppo tardi.

Il suo sorriso si fece ancora più ampio: «Sì, sì, abbiamo solo bisogno di dare un'occhiata alle foto scattate dal signor Gable per conferma. Le dispiacerebbe autorizzarci a farlo?»

Fece una pausa mentre l'agente Bouchard diceva qualcosa all'altro capo della linea.

«Si dà il caso che ci troviamo già alla centrale di polizia di Glendale quindi, se fosse così gentile da comunicarlo al collega, sono certa che lui non avrebbe nulla in contrario.»

Osservai mia madre dirigersi a passo di marcia nella direzione in cui l'agente e Mags si erano dileguati, e bussare alla porta della stanza per gli interrogatori.

Non era certo la procedura standard, ma mia madre non si curava mai di quel genere di dettagli. Era disposta a fare qualsiasi cosa, e nulla era in grado di fermarla, quando si trattava di approfondire le notizie scottanti, e quella sarebbe stata di certo la più scottante del periodo natalizio.

«Agenteee!» gridò davanti alla porta chiusa. «So che è lì dentro. Ho in linea l'agente Bouchard: ha un messaggio per lei.»

Rimasi a osservare scioccata e senza riuscire a proferire parola mentre la porta si apriva. L'agente borbottò un'imprecazione, poi disse a Mags che sarebbe tornato a breve. Meno di tre minuti dopo, avevo tra le mani la macchina fotografica del signor Gable e carta bianca per visionare le foto.

«Cosa speri di trovare?» mi chiese la nonna mentre scorrevo le immagini sempre più velocemente, osservando attentamente tutti quei volti sorridenti uno per uno.

«Non lo so con certezza, ma voglio vedere se qualcuna di queste foto mi fa scattare in testa un campanello d'allarme.»

Non lo dissi ad alta voce, ma stavo anche

cercando di determinare chi potessero essere i due umani sospetti di cui mi aveva parlato C.P.

Arrivai all'ultima foto e ripresi a scorrerle all'indietro. Più in fretta, sempre più in fretta, ancora incerta su cosa sperassi di trovare, ma con la consapevolezza di esserci ormai vicina.

«Credi che—» iniziò a dire mio padre, ma Charles sollevò una mano come per dirgli di restare in silenzio. Aveva riconosciuto l'espressione sul mio volto prima ancora che riuscissi a collegare tutti i puntini nella mia mente.

Riguardai nuovamente tutte le foto, rendendomi finalmente conto che mancava qualcuno di ben preciso: «Nonna, quando hai incontrato il signor Milton, stamattina?»

«Perché? Mi ha raggiunta pochi minuti dopo il nostro arrivo, mentre tu e Mags eravate allo stand della cioccolata calda. Te lo ricordi, vero?»

Annuii: «Quindi è arrivato prima di noi?»

«Sì, ne sono certa» mi assicurò la nonna.

Trovai la nostra foto. Era una delle prime. Solo una decina di persone era arrivata prima di noi, e tra di esse non figurava il signor Milton. Poteva essere uno dei tipi sospetti che aveva notato la coniglietta?

Avrei voluto poterglielo chiedere per conferma, ma mi aveva già detto che gli umani le sembravano tutti uguali e che non sarebbe stata in grado di riconoscere una persona specifica vedendola in foto—non che ne avessi una da mostrarle, dato che il nostro caro signor Milton aveva evitato accuratamente di farsi immortalare.

«Qui non c'è» dissi alla nonna porgendole la macchina fotografica.

«Oh tesoro, non essere ridicola.» Scorse rapidamente le foto e la voce le si fece esitante. «Probabilmente è arrivato da un altro ingresso. Ce ne sono parecchi.»

«Ho un brutto presentimento» borbottò mia madre.

«Se non lo avessi mandato via, sarebbe qui e potrebbe difendersi da solo da queste accuse» disse la nonna, ma capii che adesso era preoccupata anche lei di un possibile coinvolgimento del suo amico. «Lui è anche membro del consiglio cittadino. Avrebbe potuto aiutarci dandoci informazioni, ma tu non gliene hai mai dato la possibilità.» Quel comportamento da parte della nonna era sconvolgente. Si era sempre schierata dalla mia parte, a prescindere da tutto; vederla prendere le difese del signor Milton in quel modo mi fece correre un brivido lungo la schiena.

«Nonna, qual è di preciso il tuo rapporto con il

signor Milton? Non l'avevo mai visto prima di stamattina, e sembra piuttosto possessivo nei tuoi confronti.»

«Oh, non essere sciocca» rispose lei. «È solo un vecchio amico con cui è capitato di ritrovarci.»

«Pensi che sarebbe capace di uccidere o rapire qualcuno?» chiesi.

«Come avrebbe mai potuto rapire Mags? È stato con noi tutto il tempo!» disse la nonna con un lieve tremito nella voce.

«Ok, forse non è il rapitore, ma che mi dici degli omicidi? È arrivato prima di noi e le vittime erano già morte per allora.»

«Non lo farebbe mai!» insistette lei mordendosi un labbro, un segno rivelatore del fatto che non credeva fino in fondo a ciò che aveva appena detto.

«Non preoccuparti, nonna. Non sto dicendo che è stato lui. Però su una cosa hai ragione: dobbiamo parlare con qualcuno che faccia parte del consiglio cittadino.»

«Vuoi che telefoni al signor Gable?» si offrì mia madre.

«No» dissi, trattenendole la mano con cui stava già per portarsi il cellulare all'orecchio.

«Proprio come il signor Milton è stato appresso a noi per tutto il giorno, il colpevole potrebbe essere con il signor Gable, e non voglio che sappia del nostro arrivo. Non finché non saremo riusciti a parlare con il signor Gable faccia a faccia.»

«Hai capito chi è stato?» mi chiese Charles, strofinandomi le spalle come se fossi un pugile in procinto di salire sul ring per il secondo round.

«Non ancora, ma sento che ci siamo quasi. Mamma, papà, vi dispiacerebbe restare qui ad aspettare Mags? Devo andare da lui subito, mentre i pezzi del puzzle prendono forma nella mia mente.»

«Certo, tesoro» replicò mia madre.

«Ma fai attenzione e chiamaci se ti serve qualcosa, capito?» aggiunse mio padre.

Io, Charles e la nonna uscimmo dalla centrale di polizia con gli animali al seguito in tutta fretta, allo stesso modo in cui ci eravamo entrati. «Prendiamo la mia auto» disse Charles, aprendo le portiere con il telecomando in modo che la nonna e Cachemire potessero prendere posto sul sedile posteriore, mentre io e Gattavius ci accomodavamo sul sedile del passeggero.

Mi presi un momento per illustrare loro la mia teoria.

«Vale la pena provarci» concordò Charles girando la chiave nell'accensione. «È un ragionamento sensato. Speriamo solo di non giocare le nostre carte troppo in fretta.»

«Andrà tutto bene.» La nonna sembrava tornata in sé, ora che il signor Milton non era nei paraggi.

«Adesso prenderemo i cattivi?» chiese Cachemire con un uggiolio di eccitazione.

«Sì» rispose Gattavius al mio posto. «È giunto il momento di far cantare il nostro uccellino.»

Il tigrato si leccò le labbra alla menzione del volatile. Tuttavia, non avremmo ascoltato la soffiata di uno spione: stavamo andando direttamente dal colpevole.

18

Trovammo il signor Gable accanto alla slitta, proprio come quella mattina.

«Bentornati» ci disse mentre io, la nonna, Charles e gli animali ci avvicinavamo alla sua postazione di buon passo—Charles aveva parcheggiato proprio dietro l'angolo.

«Ha molto da fare?» gli chiese Charles con un sorriso cordiale.

«Qui le acque si stanno calmando. Ora stanno arrivando molti meno visitatori, ma abbiamo ancora diversi commercianti arrabbiati che vogliono scambiare due parole con l'organizzatore prima di andare via.»

Charles entrò subito in modalità avvocato esperto: «È stata stipulata un'assicurazione per l'evento?»

«Naturalmente. Per fortuna dovrebbe essere sufficiente a coprire tutte le spese di rimborso, ma non so ancora cosa ci riserverà il futuro. Se il Festival natalizio diventerà solo un ricordo o se verrà organizzato altrove.» Quell'incertezza gli gravava pesantemente sulle spalle: il signor Gable sembrava ripiegarsi su se stesso mentre prendeva in considerazione quelle eventualità, entrambe tutt'altro che rosee.

«Ma il Festival natalizio si è sempre tenuto a Glendale!» Neanche la nonna sembrava accettare che le cose probabilmente sarebbero cambiate, e io capivo perfettamente cosa intendesse.

Le tradizioni sono preziose perché si può fare affidamento sul fatto che si ripetano allo stesso modo ogni anno, e odiavo l'idea che la mia parte preferita delle feste natalizie andasse perduta per sempre.

Il signor Gable si accigliò, notando l'espressione demoralizzata della nonna: «È vero ma, quando l'evento è stato organizzato per la prima volta, siamo stati scelti come rappresentanti dell'intera area di Blueberry Bay, quindi l'evento può facilmente essere spostato a Dewdrop Springs o a Misty Harbor.»

«Beh, invece non dovrebbe succedere!» si indignò la nonna, facendo spuntare un sorriso sul volto del signor Gable per la prima volta da quando quella tragedia di era abbattuta su di noi quella mattina.

«Dov'è C.P.?» chiesi. Sarei riuscita a trovare un momento per parlare in privato dei miei sospetti con la coniglietta?

«La piccoletta è ben nascosta nel fieno per stare al calduccio.»

Sentendo ciò, Cachemire si precipitò verso il presepe e iniziò a scavare furiosamente.

Appoggiai Gattavius sul sedile della slitta e lui rimase in silenzio, desideroso tanto quanto me di vedere cosa sarebbe accaduto. Non sapevo ancora se sarebbe stato il signor Gable o C.P. a fornirmi le informazioni di cui avevo bisogno, ma sapevo che, in entrambi i casi, presto avremmo scoperto chi era il colpevole.

«Può radunare qui il consiglio cittadino?» gli chiesi a quel punto.

«Suppongo di sì. Come mai? Ha scoperto qualcosa di utile?»

«Penso di avere una pista» risposi, tentando di nascondere un sorriso. «Ma, se possibile, preferirei parlarne davanti all'intero consiglio.»

Il signor Gable mi rivolse un'occhiata cauta: «La maggior parte dei membri è ancora nei dintorni, ma almeno uno di essi è troppo occupato.»

«Davvero?» chiese Charles interessato, avvicinandosi di qualche passo.

Anche la nonna ora fissava il signor Gable a occhi sgranati e con spalle tremanti. La giornata si stava facendo sempre più fredda e la nevicata si era fatta più intensa; tutti ormai desideravamo solo tornarcene a casa.

Ma eravamo così vicini alla soluzione del caso che riuscivo quasi a percepire il sapore della vittoria.

«Proprio così.» Il signor Gable si sfregò le mani e sbuffò: vedemmo chiaramente il suo respiro condensarsi in una nuvoletta gelida. «L'agente Bouchard è impegnato nell'indagine sul doppio omicidio; dubito che avrà tempo per una riunione fuori programma.»

«Fa parte anche lui del consiglio cittadino?» chiesi. Perché nessuno me lo aveva detto prima? «Mi sembra strano, perché non ha riconosciuto Zelda quando abbiamo rinvenuto i corpi. Non era Fred a essere stato convocato all'ultimo minuto?»

Il signor Gable annuì mentre ci rifletteva: «Suppongo che in realtà non ne fosse al corrente. Vedete, l'agente Bouchard partecipa esclusivamente alle riunioni relative alla pubblica sicurezza. È possibile che non abbia prestato troppa attenzione a dettagli che non riguardavano direttamente la sua area di competenza, o che sapesse della convocazione di Zelda, senza tuttavia essere in grado di associare un volto al suo nome.»

Annuii, ma la cosa continuava a sembrarmi strana, soprattutto considerando che l'agente Bouchard fungeva da capo delle indagini quando se ne presentava la necessità a Glendale.

«Vale lo stesso anche per altri membri del consiglio cittadino?» domandai, sapendo che eravamo ormai vicini alla grande rivelazione.

«Sì, un paio di essi danno il proprio contribuito solo su questioni specifiche, proprio come il nostro caro agente Bouchard. Tuttavia, la maggior parte di noi partecipa a tutte le riunioni.»

La nonna andò a sedersi sulla slitta accanto a Gattavius. Temevo che il freddo le fosse ormai penetrato fin nelle ossa. Anche se era ben più in forma di me, era comunque anziana, ed eravamo stati all'aperto per la maggiora parte di quella gelida giornata.

Charles estrasse il telefono e aprì l'app per prendere appunti: «Potrebbe fornirci un elenco dei membri per aiutarmi a capire chi di essi è solo parzialmente coinvolto, come l'agente Bouchard?»

Osservai la nonna sistemarsi Gattavius in grembo, lieta che si scaldassero un po' a vicenda.

Quando rivolsi nuovamente l'attenzione al capo del consiglio cittadino, chiesi: «Signor Gable, saprebbe dirci quali membri del comitato che partecipano a tutte le riunioni *non* erano presenti all'ultima, quella in cui Fred è stato scelto come secondo giudice?»

«Certamente, questo è facile. Datemi solo un istante. Ti do una mano, figliolo.» Charles e il signor Gable compilarono l'elenco mentre io tenevo d'occhio gli animali.

Cachemire si era rannicchiata nel fieno accanto a C.P. e le leccava le guance. La coniglietta tremava—probabilmente temeva per la propria vita—ma sapevo che la piccola chihuahua non le avrebbe mai fatto del male. Non era proprio nella sua natura.

Gattavius, in grembo alla nonna, osservava la neve che cadeva, seguendo con lo sguardo i fiocchi che fluttuavano giù dal cielo.

«È proprio una giornata piacevole» commentò. «Tutta quella neve rende la luce del sole ancora più brillante. Sarebbe bello fare un pisolino se non fosse tutto così bagnato—o se non si fossero verificati ben due omicidi qui proprio oggi.»

Feci una smorfia e lo accarezzai sulla schiena. Il mio gatto trovava sempre il modo di vedere le cose sotto un'altra prospettiva.

«Angie, ci siamo» disse Charles, richiamandomi al suo fianco. «Ecco l'elenco completo. Come vedi, i membri del consiglio cittadino in carica quest'anno sono quindici. I nomi con accanto una stellina sono quelli di chi è coinvolto solo in questioni specifiche.» Dicendo questo, indicò due nomi: *agente Bouchard* e *Janice Delacroix*. Poi riprese a parlare: «Quelli con il punto interrogativo partecipano a tutte le riunioni, ma erano assenti all'ultima.» Indicò di nuovo due nomi dell'elenco digitale: *Bill Randone* e *Harvey Milton*.

«Milton!» gridai con voce strozzata. «Si tratta dell'amico della nonna? *Quel* signor Milton?»

«Cosa?» gemette la nonna saltando giù dalla slitta e affrettandosi a raggiungerci, con Gattavius ancora comodamente accoccolato fra le braccia. «Cosa c'entra Harvey?»

«È uno dei membri del consiglio cittadino, ma non era presente all'ultima riunione, quindi non sapeva che era stato convocato un secondo giudice all'ultimo momento» riassunse il signor Gable. «Sai, Dorothy, non avrei mai immaginato che voi due poteste frequentarvi. Cupido opera in modi misteriosi.»

«Può dirci qualcosa di più su Janice e Bill? Non li conosco» dissi, desiderosa di cambiare discorso. Non volevo parlare della vita amorosa di mia nonna, soprattutto se c'era di mezzo quell'Harvey Milton.

Charles continuò a fissare il cellulare; il signor Gable, invece, mi guardò negli occhi: «Janice è la nostra addetta alle PR: gestisce i social network, il sito web e la newsletter del consiglio cittadino. In effetti non partecipa quasi mai alle riunioni, però le mandiamo tutti gli aggiornamenti via e-mail. Non so con quanta attenzione abbia letto il materiale che le abbiamo inviato, ma ha accesso a tutte le informazioni, se lo desidera.»

«E per quanto riguarda Bill?» borbottò Charles, senza degnarsi di alzare gli occhi dal cellulare.

«Bill di solito viene insieme ad Harvey. Sono entrambi di Caraway Island e devono affrontare un lungo viaggio, prendendo il traghetto all'andata e al ritorno.»

Sentii una morsa al petto: «Caraway Island?» chiesi come se non l'avessi mai sentita nominare.

Il signor Gable annuì: «Sì. Ed entrambi non erano presenti all'ultima riunione per qualche imprevisto dell'ultimo minuto. Credo che Bill dovesse lavorare fino a tardi e che Harvey non volesse affrontare il lungo viaggio da solo. O qualcosa del genere.»

«Nonna, sapevi che il signor Milton fa parte del consiglio cittadino?»

«Certo che sì» rispose lei, ma il suo volto si contrasse in una smorfia quando posi la domanda successiva al signor Gable.

Il cuore mi martellava nel petto. Ormai eravamo a

un passo dalla soluzione: «Ha scattato una foto a Bill questa mattina?»

Lui ci pensò su: «In realtà, no. Non credo di averlo visto fino a dopo che l'evento è stato annullato.»

Se fossimo stati in un cartone animato, mi si sarebbe accesa un'enorme lampadina sulla testa a quella rivelazione. *Bill Randone*: era quello il nome del colpevole! Ci eravamo riusciti! Finalmente avevamo risolto il caso! Ora non ci restava che catturarlo.

In un modo o nell'altro.

«È ancora qui da qualche parte?» farfugliai, cercando di parlare il più in fretta possibile. «Sta dando una mano ad annullare l'evento e a riunire i visitatori al parco?»

«Se non erro, è di stanza in Third Street.»

«Andiamo!» dissi, partendo di corsa in quella direzione.

La nonna si portò al mio fianco procedendo al mio stesso ritmo. Doveva aver passato Gattavius a Charles, che correva a breve distanza da noi con il tigrato e Cachemire in braccio, ansimando un po'.

Il signor Gable non si unì all'inseguimento, probabilmente perché non voleva lasciare da sola la sua coniglietta.

«Non riesco a crederci!» disse la nonna. «Mi fido

del signor Gable, ma so che non è stato Harvey, perché è rimasto con me per tutto il tempo. Credi che lui sappia cosa ha fatto Bill?»

«È possibile» dissi, ansimando. Correre non era decisamente il mio forte, ed era già la seconda volta che mi trovavo costretta a farlo quel giorno.

Percorremmo un altro isolato prima di svoltare l'angolo e giungere in Third Street; anche se non l'avevo mai visto in vita mia, individuai Bill Randone all'istante, perché era lì con Harvey Milton e i due erano impegnati in un'animata discussione.

All'improvviso entrambi si voltarono e ci videro correre verso di loro. Randone si diede immediatamente alla fuga nella direzione opposta con uno scatto improvviso.

Senza smettere di correre, estrassi il cellulare e chiamai l'agente Bouchard per dirgli che avevamo scoperto chi era il colpevole e che questo era in fuga.

La nonna schizzò in avanti, raggiungendo il signor Milton a una velocità che non sarei mai riuscita a raggiungere.

Fatto ciò, gli assestò un ceffone in pieno volto.

19

Non credo di aver mai visto la nonna infuriata come quel giorno.

«Tu lo sapevi!» sbottò. Il suo sguardo, di solito caloroso e amorevole, era freddo in modo sconvolgente. «L'hai sempre saputo, fin dall'inizio, e probabilmente hai anche passato informazioni al tuo amico!»

Il signor Milton si schiarì la gola, un gesto che – mi resi conto solo in quel momento – faceva quando era nervoso: «Lo sospettavo, ma non lo sapevo con certezza.»

«Oh, lo *sospettavi*» ripeté la nonna in tono sarcastico. «Quindi cosa stavi facendo poco fa? Gli stavi dicendo di svignarsela?»

«No!» A quel punto il signor Milton alzò la voce a sua volta. «Gli stavo parlando dei miei sospetti.»

«Dandogli l'opportunità di scappare!» mi intromisi. «Perché non si è rivolto subito alla polizia?»

Comprendendo le nostre emozioni, Cachemire iniziò ad abbaiare, ringhiare e scalciare con le zampette posteriori come un gallo che raspa sul terreno: «Umano cattivo! Cattivissimo! Non riceverai nessun premietto!»

Charles e Gattavius osservavano la scena in silenzio, mentre tre femmine infuriate – due umane e una cagnolina – si davano manforte contro un Harvey Milton dall'aria terribilmente colpevole.

«Non approvo quello che ha fatto, ma concordo sul motivo per cui lo ha fatto.» A quella dichiarazione sussultammo tutti, perfino Gattavius e Charles, che fino a quel momento avevano preferito non immischiarsi.

«Che cosa!?» gridammo io e la nonna all'unisono.

Il signor Milton scosse il capo. Questa volta non si schiarì la gola, segno che era davvero convinto di ciò che aveva detto: «Caraway Island ha bisogno del Festival natalizio molto più di quanto ne abbia mai avuto Glendale. L'evento è una miniera d'oro a livello turistico, e la nostra cittadina naviga in cattive acque.

A causa della posizione isolata, sempre meno gente decide di avventurarvisi. I negozi chiudono uno dopo l'altro e siamo sempre più tagliati fuori dal resto della regione. Ci serviva... una soluzione drastica.» Sussultò alle sue stesse parole. «Beh, magari non *così* drastica.»

Risi con amarezza: «Il fatto che lei abbia detto una cosa del genere, seppur involontariamente, mostra che persona orribile lei sia. A quanto pare, le sta bene il fatto che il suo amico abbia ucciso due persone per cercare di risolvere la situazione economica della vostra città.»

«Ovviamente non mi sta bene» rispose il signor Milton fissandomi a occhi stretti, «ma abbiamo provato di tutto, e finora niente ha funzionato.»

«Vi restava da provare solo l'omicidio, eh?» borbottò la nonna, incrociando le braccia sul petto con fare difensivo.

Il signor Milton continuò a parlare tenendo lo sguardo fisso su di me: «Quando i preparativi per il festival di quest'anno sono iniziati, Bill e io abbiamo fatto pressioni affinché l'evento venisse spostato a Caraway Island, ma Gable e gli altri hanno subito cassato l'idea. Bill disse che Glendale non avrebbe avuto la benché minima possibilità di essere scelta nuovamente come sede dell'evento, se uno degli stimati ospiti venuti da fuori fosse stato assassinato sotto gli occhi di tutti. Ovviamente Caraway Island sarebbe subito venuta in soccorso, accettando di essere la nuova sede dell'evento in futuro.»

«Immagino che ora ci dirà anche che Bill l'ha messa al corrente del suo piano solo a cose fatte.» Tamburellavo a terra con un piede per l'irritazione. «E che quindi lei non ne sapeva niente, prima che quel delinquente facesse fuori due innocenti? In ogni caso, i poliziotti gli sono già alle calcagna. Ho parlato con il mio buon amico, l'agente Bouchard, mentre mia nonna la schiaffeggiava.»

Mi sembrò di udire Charles ridacchiare sommessamente, ma era difficile dirlo con certezza dato che Cachemire continuava ad abbaiare furiosa.

«Ovviamente non ne sapevo nulla. Vi ho già detto che non ho niente a che fare con gli omicidi.»

«E cosa mi dice di Fred Hapley?» chiesi. «Ha parlato di eliminare uno stimato ospite venuto da fuori. Ma Fred era uno del posto, e probabilmente neanche molto benvoluto. Sono certa che in molti cambiassero strada quando lo vedevano arrivare, per evitare le sue tirate per convincere la gente a comprare assicurazioni.»

Il signor Milton si schiarì la gola più volte, ma

rimase furioso esattamente come prima: «Che vi dico di Fred Hapley? Si è messo in mezzo. Tutto qui. Bill non era presente all'ultima riunione, quindi non sapeva che ci sarebbe stato anche lui a fare da secondo giudice insieme alla donna. Per fortuna si era portato dietro una pistola, nel caso in cui non avesse trovato un'arma all'altezza. Alla fine il paletto di ghiaccio ha funzionato, ma la pistola gli è risultata utile lo stesso.»

«Per fortuna!?» gridammo io e la nonna, di nuovo in perfetta sincronia.

La nonna fece un passo indietro e gli assestò un ceffone sull'altra guancia: «Non riesco a credere di aver anche solo pensato che fossi mio amico!» disse disgustata.

«Se voi signore avete finito, ora me ne vado» disse il signor Milton lanciando un'ultima occhiata alla nonna con espressione corrucciata. «È un vero peccato. Mi piacevi, Dorothy. Credevo stesse nascendo qualcosa di speciale fra noi. Peccato che tu sia così volubile.»

«Non esco con i criminali, io» sibilò la nonna a denti stretti.

«Pensala come ti pare. Io non ti devo alcuna spiegazione.»

«No, ma ne dovrà parecchie a lui» intervenne

Charles indicando il poliziotto in arrivo alle nostre spalle. Era lo stesso agente che avevamo incontrato in precedenza, quello che aveva raccolto la testimonianza di Mags ribadendo la propria posizione di comando in commissariato.

Mio padre lo seguiva a vari passi di distanza.

«Dov'è Mags?» gli chiesi quando mi raggiunse e si fermò al mio fianco.

«Tua madre l'ha accompagnata a casa e mi ha detto di venire a vedere come ve la stavate cavando qui.»

Uno a fianco all'altra, restammo a osservare l'agente che ammanettava Harvey Milton. Che l'avesse pianificato o meno, era comunque complice per aver nascosto i progetti omicidi del suo amico.

Per quanto fossi lieta di vederlo portare via dalla polizia, c'era ancora qualcosa che non andava: «Che fine ha fatto l'altro tizio?»

«Già, che ne è stato di Bill Randone?» volle sapere la nonna.

«L'agente Bouchard l'ha arrestato» fu la risposta. «Eh già. Fra non molto rivedrà il suo compare alla centrale di polizia.»

Milton sfruttò il suo diritto a rimanere in silenzio; tutti restammo a guardare la scena a bocca aperta finché l'agente non l'ebbe portato via.

«Beh, anche questo è un modo per festeggiare la vigilia di Natale» disse la nonna facendo spallucce. Tutti scoppiammo a ridere per il sollievo.

«Io però preferisco festeggiamenti più tradizionali.» Charles mi strinse in un abbraccio con fare protettivo e mi depose un bacio sulla fronte.

Gattavius, in mezzo a noi, venne un po' schiacciato, ma non emise un singolo miagolio di protesta. «Lo sapevo fin dall'inizio» disse invece.

«Lo sapevi, eh?» chiesi con un'altra risatina.

«I gatti sanno sempre tutto» spiegò lui facendomi l'occhiolino.

Poiché era la vigilia di Natale, decisi di lasciargliela passare. «Sei stato bravo» gli dissi, sciogliendomi dall'abbraccio di Charles in modo che il tigrato potesse respirare meglio.

«Anche tu, Cachemire. Brava cagnolina!» Mi chinai e la presi in braccio. Dopo essersi presa una buona dose di baci e coccole da me, la chihuahua spiccò un salto atterrando dritta fra le braccia della nonna, senza preoccuparmi minimamente per la propria sicurezza.

«Ehi, piano!» strillò la nonna, coccolando la piccola palla di pelo scodinzolante.

«Mi dispiace per il tuo nuovo fidanzato» le disse mio padre, accigliato.

«Anche a me» rispose lei. «Ma per fortuna non eravamo ancora arrivati a quel punto.»

«Pensi che riuscirai mai a perdonarlo?» le chiese Charles.

«Neanche per sogno!» gridò la nonna sputando con foga nella neve, scatenando risatine sconvolte da parte nostra. «Anche se ha giurato di non essere coinvolto negli omicidi, è andato a mettere in guardia il suo amico anziché denunciarlo. Per quanto mi riguarda, questo lo rende colpevole. Non riuscirei mai più a fidarmi di lui. Non dopo che ha dato una simile dimostrazione di sé.»

«Sai che ti dico? Dimentica il signor Milton» dichiarai. «Quel tizio non ti merita.»

«In realtà, una cosa devo riconoscergliela.» La nonna sollevò lo sguardo verso il cielo, poi mi guardò dritto negli occhi: «Finora non mi ero resa conto di quanto mi sentissi sola da quando tuo nonno non c'è più. Certo, ho te e Cachemire e...»

«E abbastanza amici da riempire un intero stadio» puntualizzò mio padre con un sorriso.

«Sì, anche» ammise lei sorridendo a sua volta. «Ma non è come avere un compagno.»

Charles mi attirò al suo fianco, mentre fissavamo la nonna alla luce dell'emozionante notizia che ci aveva appena svelato.

«Quindi pensi di essere pronta a frequentare qualcuno?» chiesi, con il cuore che batteva forte, tanto ero emozionata per lei.

«Penso di esserci quasi» disse con un sorriso timido. «Un passo alla volta.»

20

Trascorremmo il Natale tappate in casa. I miei genitori e Charles passarono a trovarci in momenti diversi della giornata, ma per la maggior parte del tempo ci fummo solo io, Mags e la nonna, sedute intorno all'enorme albero di Natale di casa nostra a raccontarci i ricordi preferiti dei numerosi Natali che avevamo trascorso prima di conoscerci.

La nonna, ovviamente, aveva fatto indossare a Gattavius e a Cachemire i rispettivi maglioncini natalizi fatti a mano, ma si era morsa la lingua quando aveva visto Mags con indosso una gonna color kaki lunga fino ai piedi e un cardigan abbinato verde menta.

Io avevo deciso di restare in pigiama, perché niente batte la comodità della flanella dopo una giornata lunga e faticosa—e la giornata precedente lo era stata come poche altre.

Quello fu il nostro Natale.

Il giorno dopo Mags ci insegnò finalmente a realizzare le candele secondo il procedimento tradizionale. Anche se mi piaceva sempre imparare qualcosa di nuovo, non prevedevo altre sessioni di creazione di candele in futuro. Il procedimento di scioglimento della cera sembrava richiedere un'eternità, e non ero neanche lontanamente paragonabile a Mags per quanto riguardava la capacità di mescolare i colori e intagliare forme.

Lei riuscì comunque a rendere divertente la lezione, raccontando aneddoti e intrattenendoci con una divertente serie di barzellette.

Mi chiesi se fosse così che teneva i corsi a casa sua. Speravo proprio di sì.

Trascorrevamo insieme ogni istante, godendo al massimo della reciproca compagnia, ma con il passare dei giorni mi intristii al pensiero che sarebbe ripartita a breve. Avrei voluto che non abitasse così lontano, perché in brevissimo tempo era diventata la sorella che non avevo mai avuto e, nonostante tutto ciò che era accaduto, lei asseriva di provare lo stesso nei miei confronti.

«La prossima volta dovremmo far conoscere tua nonna e la zia Lydia» disse con una risata di cui non compresi la ragione, non avendo mai incontrato Lydia. «Una volta che quelle due si troveranno insieme, non dovremo fare altro che goderci lo spettacolo e sbellicarci dalle risate» aggiunse ridendo di gusto.

Trascorsero un altro paio di giorni e giunse la vigilia di Capodanno. Il giorno dopo Mags avrebbe fatto ritorno a casa con un volo notturno. Mi spiegò che l'offerta era troppo conveniente per rinunciarci in favore di una bella dormita.

Questo non mi impedì di sobbalzare quando vidi l'orario di imbarco: «Riuscirai a svegliarti a quell'ora?» le chiesi. Io attendevo sempre con ansia l'arrivo del nuovo anno: da quando, all'età di sei anni, mia madre mi aveva dato per la prima volta il permesso di rimanere alzata, ho sempre avuto paura di non riuscire a stare sveglia fino alla mezzanotte.

«Certo che sì!» disse lei con un sussulto scandalizzato. «Potrei anche decidere di non andare a dormire affatto.»

Scoppiai a ridere, Gattavius gemette e Cachemire si mise a saltellare, pur non sapendo bene il perché.

Nel mio piccolo angolo di mondo tutto andava come doveva.

Suonò il campanello, stavolta sulle note di *Feliz Navidad*, in onore del retaggio messicano di Cachemire—o almeno così mi aveva assicurato la nonna, anche se in realtà la cagnolina non aveva messo una zampa al di fuori dei confini dei Maine neanche una volta in vita sua.

La nonna si diresse a passi rapidi nell'ingresso, sistemandosi i capelli. Per la serata aveva rinunciato ai suoi consueti outfit fucsia per indossare un abito argentato tutto luccicante. Sembrava una star alla notte degli Oscar, e io mi sentii fuori luogo con i pantaloncini a pois e la maglietta di Grumpy Cat. Quest'ultima era un regalo di Mags, che affermava di non aver mai conosciuto nessuno che amasse il proprio gatto tanto quanto io amavo Gattavius.

«Accomodati, accomodati!» La voce della nonna si diffuse in tutto il pianoterra. «Sono lieta che tu sia riuscito a venire.»

Udii il classico schiocco del saluto europeo con due baci sulle guance, e un attimo dopo lei e il nuovo arrivato ci raggiunsero. «Felice anno nuovo!» annunciò allegramente il signor Gable con C.P. in una mano e una grossa borsa di cibo da asporto nell'altra.

«Felice anno nuovo!» rispondemmo io e Mags.

«Sento un profumino delizioso» disse il tigrato risvegliandosi prontamente da uno dei suoi pisolini. Fiutò con attenzione e un ampio sorriso gli si dipinse fra le vibrisse: «Sarà mica...?»

Il signor Gable passò la coniglietta a me e il cibo alla nonna, poi raggiunse di corsa la sua auto per prendere un secondo carico di roba.

«Lieta di rivederti, piccolina» dissi a C.P., consapevole del fatto che Mags mi stava osservando.

«Ciao» rispose C.P. con il naso fremente che non si fermava neanche per un istante. Il signor Gable tornò poco dopo con una cassettina triangolare piena di fieno e verdure fresche. Prese la coniglietta e la appoggiò a terra, accanto alla cassetta piena di cibo.

Cachemire arrivò di corsa a testa alta: «Piacere di rivederti, C.P. Hai ancora voglia di parlare di come ti senti?»

Oh, quella dolce cagnolina faceva sempre del proprio meglio per far felici coloro che la circondavano.

«Di come mi sento?» domandò C.P. spiccando un salto per afferrare una foglia di lattuga, senza però smettere di tenere d'occhio la chihuahua.

«Quando ci siamo viste al Festival natalizio hai detto che hai sempre paura che qualcuno ti faccia del male. Approfondiamo la questione, ok?» Cachemire piegò la testa di lato con le orecchie ben dritte, come in attesa che la coniglietta iniziasse a confidarsi.

La bestiola dalle orecchie penzoloni rimase a sgranocchiare verdure per un po', poi disse: «Nessuno mi ha mai chiesto come mi sento. Sei sicura di volerlo sapere?»

Cachemire appoggiò a terra il posteriore, senza smettere di scodinzolare: «Certo che sì! Voglio sapere tutto!» disse con uno scintillio negli occhi dall'espressione dolce. «Partiamo da quando eri cucciola. Eri una coniglietta felice o triste?»

Soffocai una risatina e le lasciai alle loro chiacchiere.

Gattavius aveva seguito la nonna in cucina, così io, Mags e il signor Gable li raggiungemmo lì.

«Non sapevo bene cosa portare per la nostra festicciola di Capodanno» spiegò lui con un sorrisone contagioso. «Così ho deciso di fare tappa al mio ristorante preferito e prendere un po' di tutto per farci una bella mangiata.»

La borsa recava il logo del Little Dog Diner, e il profumo di gamberetti, pane all'aglio e panini all'astice ora si mescolava con quelli dei dolci sfornati da poco che la nonna aveva preparato nel pomeriggio.

La nonna tirò fuori tutti i contenitori e li appoggiò sul bancone della cucina.

Non appena i panini all'astice fecero la loro comparsa, il tigrato balzò sul bancone e iniziò a girare in cerchio, estasiato: «È lui! È lui! È proprio lui!» strillò, senza fermarsi. «Il mio cibo preferito! Oh, felice anno nuovo anche a lei, gentile messere!»

Soffocai un'altra risata: certe volte era proprio difficile non reagire a ciò che dicevano gli animali in presenza di persone che non erano a conoscenza del mio superpotere, soprattutto quando mi tornò in mente C.P. che utilizzava *Buon Natale* come parolaccia, il giorno del Festival natalizio.

«È magnifico! Grazie per aver portato tutte queste delizie» disse la nonna. Avrei giurato che le guance le si fossero lievemente arrossate. «Il Little Diner Dog è anche il nostro ristorante preferito.»

«Vado a prendere i piatti» si offrì Mags.

«Io mi occupo delle bevande» intervenni.

La nonna preparò dei deliziosi piatti con un po' di tutto per ciascuno di noi, poi ci dirigemmo tutti insieme in sala da pranzo. Nessuno di noi era un gran bevitore, così decidemmo di festeggiare con una bottiglia di succo di mela.

Anche se non mi aspettavo che il signor Gable e

C.P. si sarebbero uniti a noi, ero molto felice della loro presenza.

«A cosa brindiamo?» chiese Mags con un sorriso dolce che le illuminava il viso.

«Beh, innanzi tutto *a te*» risposi io ad alta voce. «Perché fai parte di questa famiglia. Perché abbiamo avuto la possibilità di conoscerti e apprezzarti per ciò che sei. E perché sei sopravvissuta al rapimento.»

Scoppiammo tutti a ridere a quel ricordo non così tanto lontano.

«Allora brindiamo a questo» disse lei con una risatina.

«Aspettate. Aspettate solo un secondo» ridacchiò la nonna. «Voglio sentire i vostri propositi per l'anno nuovo. Quelli di ciascuno.»

Il signor Gable si alzò in piedi: «Io sono determinato a far sì che quest'anno nessuno si faccia male sotto la mia supervisione.»

«Questo significa che il Festival natalizio si terrà ancora a Glendale?» domandai speranzosa.

«Non proprio» rispose lui con un piccolo sospiro. «L'evento si terrà a Cooper's Cove, ma i membri del consiglio cittadino rimasti – intendo quelli che non sono finiti dietro le sbarre – mi hanno rieletto capo. E ovviamente sono stato ben felice di accettare.»

Brindammo a quelle parole.

«È una bellissima notizia!» dichiarò Mags entusiasta. «Spero solo che non le dispiaccia troppo se l'anno prossimo non parteciperò all'evento.»

Scoppiammo nuovamente tutti a ridere. Quell'affermazione non mi preoccupava, perché sapevo che avrei avuto occasione di trascorrere del tempo con mia cugina nei mesi successivi. In effetti avevamo già iniziato a programmare una riunione di famiglia per l'estate.

«Va bene. Chi è il prossimo?» chiese la nonna spostando lo sguardo da me a Mags, in attesa che una delle due prendesse la parola.

«Il mio è facile» dissi, scattando in piedi e sollevando il bicchiere. «Questo sarà l'anno in cui farò finalmente decollare la mia agenzia investigativa!»

«La *nostra*» mi corresse Gattavius, anche se solo io ero in grado di capirlo. «E poi, quando potrò avere il mio panino all'astice?»

Mags si mise a tamburellare sul tavolo con le dita: «Io non so quale sia il mio proposito per il nuovo anno, se non sperimentare delle novità. In fin dei conti, è stata una novità a farci incontrare, e non credo di essere mai stata così felice.»

«Questa è un'affermazione coraggiosa, considerando quello che è successo la vigilia di Natale» commentò il signor Gable.

«È vero» concordò lei «ma è anche un buon modo per farvi capire quanto voglio bene ad Angie e a sua nonna.»

Io e la nonna andammo in brodo di giuggiole.

Quando al tavolo tornò il silenzio, la nonna si alzò in piedi sollevando il suo bicchiere: «Mi conoscete bene tutti. Vivo ogni giorno della mia vita come se fosse il primo. O l'ultimo. Insomma, come se fosse tutto ciò che ho. Sapete, è proprio questo a rendere la vita uno spasso. Ma quest'anno cercherò di prestare maggior attenzione a chi farò entrare nella mia vita e, forse, riuscirò perfino a trovare un nuovo amore.»

Lanciò un'occhiata schiva al signor Gable, che arrossì e distolse lo sguardo.

Il mio cuore fece una gigantesca capriola. Non mi sarei mai immaginata di vederli insieme, ma a ben pensarci aveva perfettamente senso. Mi chiesi se lo percepissero anche loro. Se fossero già ben avviati verso un futuro felice insieme.

Già, il nuovo anno sembrava piuttosto allettante mentre cenavamo chiacchierando, bevendo e godendoci la reciproca compagnia.

«*Ehm!*» disse Gattavius saltando sul tavolo e frustando l'aria con la coda, evidentemente irritato. «Non stai dimenticando qualcosa?»

Accidenti! Presa com'ero dall'emozione per la

possibilità di una storia d'amore tra la nonna e il signor Gable, avevo dimenticato di dargli il panino all'astice!

«Giù dal tavolo!» gli dissi, dividendo a metà il mio e appoggiando la sua parte a terra in modo che mi lasciasse in pace.

Lui saltò subito giù, gli occhi ambrati scintillanti per la gioia. Si mosse rapidamente, ma non abbastanza: Cachemire apparve come dal nulla e gli fregò il goloso bottino, tornando subito indietro di corsa verso C.P. con quell'enorme protuberanza che le sbucava dalla minuscola bocca.

«Molla subito il mio panino, ladra!» gridò il tigrato.

«Spiacente, Octavius» disse lei sbattendo lentamente le palpebre mentre lo fissava. «Non vedevo l'ora di affondare i denti in questa cosa deliziosa fin da quando ne ho sentito l'odore per la prima volta al Festival natalizio. Tu allora non me ne hai dato neanche un pezzettino, ma va bene così. Ti perdono.»

«Angela!» piagnucolò il tigrato, fissandomi con espressione sconvolta. «Si è presa il mio panino! Me l'ha *rubato*!»

Risi, incapace di trattenermi oltre.

Gli lanciai un gambero, e lui gli diede dei colpetti con la zampa con espressione cupa.

«Non è la stessa cosa» si lamentò.

No, non era la stessa cosa.

Ormai niente era più lo stesso di un tempo.

Ma sapete cosa vi dico? Da quando Mags e il signor Gable erano entrati nelle nostre vite, *era ancora meglio* di prima.

Non vedevo l'ora di scoprire che cosa avesse in serbo l'anno nuovo per noi.

MOLLY E I SUOI LIBRI

CHI È MOLLY FITZ

Tecnicamente, la scrittrice e autrice di best-seller Molly Fitz non è in grado di parlare con gli animali. Questo però non le impedisce di avere conversazioni serie e molto animate con i suoi tre assistenti-scrittori felini.

Molly vive in una sperduta regione selvaggia dell'Alaska insieme a suo bambinə e lo zoo di famiglia. Di tanto in tanto, Molly si arrischia a uscire di casa, se c'è in vista un buon pranzetto o aroma di caffè... o, magari, per incontrare nuovi amici animali.

Scopri di più su Molly e sui suoi libri, e non dimenticarti di iscriverti alla newsletter su **www.raccontimiciosi.com**.

* * *

UN DETECTIVE CON LE VIBRISSE

Angie Russo si è messa in società con il primo gatto parlante investigatore di Blueberry Bay, Gattavius, che, insieme alla sua banda un po' sgangherata di aiutanti animali e umani, risolverà ogni mistero... a patto che questo non interferisca con le sue abitudini. Comincia con il primo libro della serie, ***Il segreto del gatto***.

LE AVVENTURE MAGICHE DI MERLINO

Gracy Springs non è una maga... ma il suo gatto, sì! Adesso, però, Gracy deve mantenere il segreto, altrimenti rischia di passare il resto della vita in una prigione magica. Grossi guai sembrano attenderli a ogni passo. Comincia con il primo libro della serie, ***Merlino sceglie un famiglio***.

... E TANTE ALTRE NOVITÀ IN ARRIVO!

* * *

CONNETTITI CON MOLLY

Se sei alla ricerca di una community di lettori stravaganti, che amano gli animali tanto quanto i libri, allora non c'è dubbio: saremo amici!

Segui **la mia pagina Facebook**: www.facebook.com/raccontimiciosi

Iscriviti alla mia **newsletter** e riceverai un pacchetto gratuito in formato digitale, tutte le ultime novità e aggiornamenti e, nelle occasioni speciali, omaggi pensati apposta per gli appassionati: www.raccontimiciosi.com/iscriviti